Kaho Matsuyuki presents

狐の婿取り

—神様、取り持つの巻—

CROSS NOVELS

松幸かほ
NOVEL:Kaho Matsuyuki

みずかねりょう
ILLUST:Ryou Mizukane

CROSS NOVELS

香坂涼聖《こうさかりょうせい》

診療所の医師。琥珀の恋人で陽の父親的存在。気づけば多くの神様と知り合いになっているが、本人は至って普通の人間。

琥珀《こはく》

かつて八本の尻尾を持っていた狐の神様。涼聖の愛の力により、最近四本目の尻尾が生えてきた。ちょっと天然。

陽《はる》

妖力を持っているチビ狐。琥珀に預けられてスクスク元気に成長中。集落のアイドルで、食べることが大好きなお菓子星人♡

伽羅

きゃら

かつては間狐だったが、現在は主夫的立場に。涼聖の後釜を狙う、琥珀大好きっ狐《こ》。デキる七尾の神様。

白瑩（シロ）

しろみがき

香坂家にずっと暮らしている座敷童子のなりかけ。涼聖と千歳の遠いご先祖様。柘榴と何やら縁がある…？

柘榴

ザクロ

「千代春君《ちよはるぎみ》」を探しているらしい赤い目を持つ男。シロに接触を試みるが、その真意は…？

岩月孝太

いわつきこうた

宮大工である佐々木の弟子。陽とは仲良しで、いいお兄ちゃんポジション。

CONTENTS

CROSS NOVELS

CONTENTS

狐の婿取り

神様、取り持つの巻

Presented by
Kaho Matsuyuki
with
Ryou Mizukane

Presented by
松幸かほ

Illust
みずかねりょう

CROSS NOVELS

1

集落に遅くやってきた春は、まるで駆け足のように過ぎ去ろうとしていた。

もちろん、それは毎年のことだ。

だが、今年はひとしお、それを惜しむ気持ちになる。

園部《そのべ》の死から、間もなく一ヶ月が過ぎようとしていた。

慣れ親しんだ住民が旅立ち、集落はしばらくの間、いつもと違う空気が漂っていたが、徐々に落ち着きを取り戻し始めていた。

この日、陽《はる》は珍しく琥珀《こはく》と涼聖《りょうせい》と一緒に、集落を散歩していた。

午前の診療が終わり昼食を取ったあと、今日は往診の数が少ないため、出かけるまでの時間を三人で散歩することにしたのだ。

両手を琥珀と涼聖に繋がれ、陽は笑顔で一緒に歩く。

その様子に、琥珀と涼聖はほっとしていた。

『死』というものを理解した陽が、初めて接した園部との別れ。

陽にとってはつらい現実であり、それを真正面から受け止めた。

どれほど胸を痛めたかは、陽の様子をずっと見てきた琥珀と涼聖には――いや、集落の誰もが、つぶさに感じ取っただろう。

泣き通し、涙を拭いすぎてこすれ、かさぶたができてしまっていた陽の目も、今は綺麗《きれい》に治っている。

だが、陽が園部を忘れることはなかった。

「あ、まつばうんらん……」

陽が途中でふと足を止める。

陽の視線の先にある道の脇には、すっと伸びた茎の先に小さな紫色の花を付けた松葉海蘭《まつばうんらん》が、まだ咲き残っていた。

松葉海蘭は、園部が好きだと話していた花だ。

陽は、咲いているのを探しては、他の花も一緒に園部のもとへ運んでいた。

園部のことを思いだすその花を見つめる陽の眼差しは、寂しげだった。

「ああ、まだ咲いてるな。……取ってくるか？」

涼聖が問うと、陽は首を横に振った。

「ううん。まえに、たくさんとったから、あのおはなは、ここでさいててもらうの。そのほうが、みんなみられるでしょう？」

陽はそう言った。それは陽の本心だろうと思うが、もう一つ、言葉にしていない気持ちもある。

松葉海蘭を好きだと言った園部は、もういないからだ。

摘《つ》み取っても、見せたい相手がいない。

だから、置いていくのだということは、涼聖にもよく分かった。

「そうだな、みんなに見てもらったほうがいいな」

涼聖は言って、もう片方の手で陽の頭を撫《な》でる。

それに陽は笑顔で頷いた。

陽のその笑顔に、涼聖も微笑み返してから、ふっと視線を琥珀に向けると、琥珀は物憂げな表情をしていた。

「琥珀？」

涼聖が声をかけると、琥珀ははっとしたように涼聖を見た。

「……ああ、すまぬ。少し他のことを考えていた」

「こはくさま、なにか、なやみごと？」

琥珀を見上げて陽が問うと、琥珀は柔らかく微笑んで頭を横に振った。

「いや、ただの空事を考えていただけだ」

そう言い、涼聖にも微笑みかける。

ただの空事を考えていたとは思えないような表情だったが、陽の前でそれを問うのはよくないだろうと判断し、涼聖は陽に視線を戻すと、

「さて、次の道はどっちに行く？　右か？　それとも左か？」

少し先で二手に分かれる進路を聞いた。

「えっとね、みぎだとかわのほうで、ひだりだとやまのほうだよ。りょうせいさん、おうしんにいくおじかん、あとどのくらい？」

「あと二十分くらいだな」

「じゃあ、かわのほうにいって、はしをわたってかわぞいをかえったら、きっとちょうど」

毎日集落を散歩している陽は、もはやお散歩マイスターで、どこをどう歩けばどの程度の時間かを熟知しているため、陽の言うとおりに進むことにした。

そして三人で、どうということのない話をしながら進んでいると、橋の手前あたりでスクーターに乗った孝太《こうた》が前からやってきた。

孝太は近くまで来るとスクーターを停める。

「陽ちゃん、若先生、琥珀さん、こんにちはっス」

宮大工の佐々木《ささき》のもとで修業をしている孝太は、明るい色に髪を染めたイマドキの若者だが、陽のいい兄貴分で、陽もよく懐いている。

三人でそれぞれ挨拶《あいさつ》をしたあと、

「こうたくん、おしごといってきたの？」

陽が問うと、孝太は頷いた。

「そうっスよ。瀬戸崎《せとざき》のおじいちゃんとこに行って、手すりの修理してきたとこっス。陽ちゃんは三人で散歩って珍しいっスね」

陽の散歩は大抵一人だ。

涼聖は集落唯一の医者で、琥珀は受付を手伝っている。

陽の保護者としてはもう一人、伽羅《きゃら》がいるが、伽羅は彼自身の自宅と、管理を任されている山の上の神社、そして香坂《こうさか》家の家事で忙しく陽に付き添っているのが難しい。

ただ、この集落は陽くらいの年齢の子供が一人で散歩をしていても危険がないほど平和で、陽も利発な子供なため、川には誰か大人がいる時しか下りない、とか、知らない人にはついていかないということはきちんと守る。

そのうえ、陽はこの集落の住民ほぼ全員の孫、もしくはひ孫認識なので、さりげなく陽を見守っている住民は多い。

なので、都会では考えられないかもしれないが、陽が一人での散歩もここでは危なくはなかった。

とはいえ、やはり涼聖や琥珀と一緒の散歩は楽しいらしく、陽は笑顔で、

「りょうせいさんのおうしんが、きょうはすくないの。だから、おうしんにいくまで、いっしょにさんぽなの」

嬉しそうに説明をしてくる。

「そうなんスね、陽ちゃん、よかったっスね」

「うん！　はしをわたって、かわぞいあるいて、しんりょうじょにもどるの」

このあとのコースもついでに説明してくれる。

陽の足だと、二十分かからないくらいの距離だろうと察しをつけ孝太は軽く腕時計を見る。時刻は二時少し過ぎ、そこそこいい頃合いである。

「じゃあ、陽ちゃん、三時のおやつ、作業場で一緒にどうっスか？　今日は秀人《ひでと》くんも来るんスよ」

孝太が誘うと、陽は、行く！　と即答する。

それを聞いてから、

「じゃあ、作業場でおやつ準備して待ってるっスね」

孝太はそう言うと、涼聖と琥珀に会釈をして、作業場へとスクーターで帰っていく。それを見送ってから、三人は散歩を続けた。


お散歩マイスター陽の時間感覚は正確で、診療所に戻ったのは思ったとおりの時間だった。

「じゃあ、こはくさま、りょうせいさん、さぎょうばへいってくるね！」

帰って一息つくと、陽はすぐに佐々木の作業場へと出ていく。

「ああ、気を付けてな」

涼聖が声をかけると、陽は笑顔で頷いてから、

「りょうせいさんも、おうしん、きをつけていってきてね」

気遣う言葉を口にして、手を振ると、佐々木の作業場へと歩いていった。

「ずいぶん元気になったな」

散歩途中のように、不意に園部を思いだして寂しそうな表情をする時もあるが、それでも一時期のことを思えば、元の陽に近い。

もちろん、死というものを理解して初めて「近しい人を失う」ことを知った陽が、知らなかった頃に戻れるわけではないので、これからも折に触れては園部を思いだして、寂しさや悲しさに襲われる日はあるだろう。

だが、喪失の生々しい痛みも、時間が少しずつ拭っていくことを涼聖は知っている。喪失の痛みは、ある意味では、その相手と良好な関係を築いていた証だ。少しずつ痛みが拭われたあとには、優しい記憶が強くなる。

陽もいつかはそのことに気づくだろうが、それまでの間、見守るのは自分たちの役目なのだろうと涼聖は思う。

むしろ、見守る以外にはできないのだ。

見守るといえば、琥珀のこともだが。

「で、琥珀は一体何を悩んでるんだ？」

さっき聞けなかったことを、涼聖は改めて聞いた。

「……特にどうということではないが」

琥珀がそう言うのは織り込み済みだ。

琥珀は稲荷《いなり》神だ。それゆえ『悩み』というのは、『神として』のものであることが大半で、その悩みに関しては、涼聖には滅多に自分からは話そうとしない。

涼聖に今後関わってくる場合や、ある程度の道筋がついてからようやく話してくれるといった感じなのだ。

そのことを寂しくも思うが、実際問題として、神様世界のことを、ただの人間でしかない自分にどうこうすることはできないし、理解できるかどうかも怪しい。

だから、あまり首を突っ込まないようにとは思っているのだが、琥珀が悩んでいる時に何もできないことに対して無力感を覚える。

「特にどうってわけじゃないけど、何かはあるって認識でいいのか？」

涼聖があえて突っ込んで聞いてみた。それに琥珀は苦笑する。

「……まあ、そうだな」

「聞くくらいのことしかできないと思うけど、あんまり思いつめて煮詰まりすぎて焦げちまう前に話してくれるとありがたい」

涼聖はそう言って、軽く琥珀をハグする。

琥珀はそっと涼聖の肩に額を押し当て、

「ああ、そうしよう」

そう言ってから、顔を上げた。

「さて、もう往診に出かけねばな」

琥珀に言われて涼聖は壁の時計を確認した。確かに、そろそろ出かけなくては遅れてしまう時間だ。

「せっかく琥珀がデレてくれたのにもったいないが、行くか」

大袈裟にため息をついてみせながら、散歩に行く前に準備しておいた往診カバンを手にすると玄関へと向かう。

「気を付けて」

玄関まで見送りに出た琥珀の言葉に涼聖は軽く手を上げると、車に乗り込んだ。

そして、そのままいつものように往診へと出かける。

琥珀は涼聖の車が見えなくなるまで見送ってから、診療所の中へと戻った。

――聞くくらいのことしかできないと思うけど、あんまり思いつめて煮詰まりすぎて焦《こ》げちまう前に話してくれるとありがたい――

ついさっきの涼聖の言葉を思い返す。

いろいろ聞きたいことはあるだろうに、涼聖はいつも決して無理にこちらのことを聞き出そうとはしてこない。

それは涼聖の「線引き」なのだろう。

神としての琥珀を尊重してくれていると感じる。

人と神。

願うものと願われるもの。

庇護されるものと庇護するもの。

関わり合いながらも、属する世界が明らかに違う。

それを意識してのことでもある。

それぞれの世界の常識や理《ことわり》を侵すことにならないようにと考えてくれているのだろう。

だからこそ、あの言葉が涼聖の精一杯の気遣いだ。

一定以上は踏み込まないでいてくれる。

それをありがたいと思うのと同時に、話せないことへのつらさを感じる。

――話せば、少しは気が楽になるかもしれぬが……今はまだ、話せぬな…。

待合室のソファーに腰を下ろし、琥珀は胸の中でひとりごちる。

野狐《やこ》の件で、相手の拠点《きょてん》らしき場所がおおよそ判明した。

そこに乗り込んで叩くことは決定していて、実働部隊は基本的に黒曜《こくよう》配下の部隊が行うことが決まっている。

しかし、相手の勢力規模がまったく分からないという不安要素があった。

秋《あき》の波《は》が取り戻した記憶から、集められているのは稲荷だけではないことは分かっているが、どの程度の数の神が集められているのか不明だ。

祠《ほこら》を空にしたまま行方の分からなくなっているものを抱える他の神族と連携を取っているが、今回の件では多くの稲荷に余波があると思って然るべきだろう。

大半は自身の社《やしろ》や祠で結界を張って防衛に努めることになるが、琥珀は違う。

今の琥珀は三尾半という心もとない尾の数ではあるが、かつては八尾として力を振るい、術の構成力はこれまでの経験も豊富なため、六尾相当と本宮では見なされている。

そのため、今回の作戦に参加してはもらえないかと依頼されていた。

もちろん、琥珀は本宮出身の稲荷ではないため、前衛ではなく後方支援という形だが、親しくしているとはいえ外部の稲荷である自分に声をかけてもらえるのは光栄なことだ。

とはいえ、その間の香坂家の守りに関しては悩ましい。

伽羅は当然今回の作戦に駆り出されることが決まっているし、龍神《りゅうじん》は回復途上で無理はさせられない。

集落からは少し外れるが、留守の間を祭神《さいじん》に頼むか、それとも橡《つるばみ》に頼むか、そのあたりも考えなくてはならない。

だが、何より心配なのは陽のことだ。

後方支援だというから、さほど危険はないだろうが、園部のことがあってまだあまり時間が経っていないというのに、もし自分や伽羅に何かがあったらと思うと、陽に話すタイミングが分からない。

それに、涼聖のことも気がかりだ。

涼聖はいつも「自分が先に死ぬことになる」と言っているが、それはあくまで互いの寿命差を考えてのことだ。

人間である涼聖と、神である琥珀では寿命の差は歴然だが、長く生きるはずの琥珀のほうが、涼聖を心配させる事態に陥ることのほうが多い。

それもあって、涼聖にもどう話せばいいのか分からなかった。

もちろん、後方支援についてはまだ打診という段階だ。

今のうちに涼聖と相談するべきなのかもしれないとは思う。おそらくは白狐《びやっこ》もそのつもりで、内々に打診をしてきたのだろう。

——もし、涼聖殿が行くなと言ったら、私はどうすべきなのか……。

野狐の件は、すべての稲荷神にとって危惧すべき問題だ。自分にできることがあるならば、進んで協力すべきだと思うし、琥珀自身、そうすることにまったく異論はない。

だが、涼聖にこれ以上心配をさせたくもないのだ。

できれば穏やかに、陽の成長をともに見守り過ごしたいと思う。

しかし、それは稲荷神となるべく生まれ、力を与えられた自分という存在のありかたを思う時、決して安易に望んではいけないことだというのも理解している。

自分がなすべきことを見誤れば、自身の神格を落とすことになる。

常に自分を律すること。

それが、力を持って生まれたものの努めだ。

けれど――迷う自分がいるのも事実だ。

――なんとも、ままならぬものだな……。

なすべきことは分かっているのに、迷う。

以前の自分であれば、決してなかったであろう迷いに、琥珀はため息をついた。

◆◇◆

「……はぁ……」

その頃、後藤《ごとう》家の二階でも秀人が通話を終えた携帯電話をしまいながらため息をついていた。

通話時間は十五分程度だったが、一気に気力を持っていかれたような気分だった。

まるで鉛《なまり》を飲み込んだような胸の重さを感じながら、秀人は階段を下り、居間に入った。そこには祖父の後藤がいて布団を外したこたつ机に新聞を広げていたが、秀人が向かいに腰を下ろすと新聞から顔を上げた。

「正也《まさや》からか？」

電話がかかってきたとき、秀人は居間にいた。だが、液晶画面に表示された名前を見て居間を出て二階の自室で電話をしていたのだ。

「うん、そう」

隠すことなく秀人は返す。

正也というのは秀人の父で、後藤の息子のことだ。

最近、しょっちゅう秀人に電話をしてくるようになっていた。

半年以上、こちらに来たっきりで帰る気配のない秀人に、今後どうするつもりなのかとさすがに焦れているのだ。

「いつも通り、帰ってきて再就職を急げって、そればっかり」

秀人が多少、うんざりした様子で続けると、後藤は笑いながら、

「まあ、自分の息子がいきなり仕事辞めて、半年以上田舎に引きこもっとるなんてことになったら、わしでも『どうするつもりなんじゃ』って問い詰めるがな」

ずばり、ごもっともなことを言う。

秀人がやってきた当初は、メンタル的に言っていいことと悪いことがあるのではないかと遠慮《えんりょ》気味だった後藤だが、働きたくなくてここに引っ込んでいるというわけではないのは分かってい

るので、遠慮はしなくなった。

後藤の言葉に秀人は苦笑しながら、

「生活に不自由しない程度に稼げる仕事に就けってだけなら、簡単なんだけどね」

そう返しつつ、出かける準備を始める。

秀人は、ここに来た当初、社会人経験のある成人男子としては、持ち金はほぼスッカラカンといっていい状態だった。

身の回りのものを買い足すこともできない状態だったため――買い物に行くのは、孝太に頼んで軽トラで連れていってもらっていた――後藤が小遣いとして五万ほど渡してやったが、冬の終わりには返してきた。

あとは、集落のレンタルハウスの手伝いでも多少なりともアルバイト代を得ているので、それも合わせて何かしら仕事はしているようだ。

詳しいことは聞くつもりはないが。

「まあ、わしは大して心配しとらん。ここにいりゃ、少なくとも寝る場所には困らんだろうと思っとる程度だ」

もっと気遣うような言葉なり、優しい言葉なりをかけてやればいいのかもしれないが、そういったことには後藤は不慣れだし、大の男にいちいちいろいろ気遣って、あれこれ気を揉むのもどうかと思う。

後藤の育ってきた時代と今は違うと分かっているが、最低限の衣食住を調えてやったら、それ以上のことは本人に任せるしかない。

いつまでも手を貸してやれるわけではないのだから。

そんなふうに考えられるのも、秀人の様子が「普通」だからだ。

引きこもって部屋から出てこないような状況だったら、また違っただろうが。

「おじいちゃんのおかげで、本当に助かってるよ」

後藤の若い頃なら、身内への感謝などなかなか口に出すことはできなかったが、秀人は照れもせず、当たり前のように言ってくる。

近頃の若者全般がそうなのか、それとも秀人がそういう性格なのかはわからないが、そういうところは秀人の持つ美徳だろうなと思いつつ、

「感謝できるのは、いいことだな。わしも、悪い気はせん」

などと返してみる。

それに秀人は笑うと、

「佐々木さんの作業場へ行ってくる。おやつ食べながら孝太くんと打ち合わせするから」

そう言って居間を出ていく。

「気を付けてな」

「うん」

後ろ手に軽く手を振ってくる秀人を、後藤はそのままで見送った。

2

京都《きょうと》の本宮の会議所では、重鎮《じゅうちん》たちが揃《そろ》った会議が行われていた。

参加しているのは、本宮の長である白狐、武闘派閥を率いる黒曜、別宮の長である玉響《たまゆら》の九尾の稲荷たちと、八尾の上層部、それから、秋の波と、秋の波の本宮での保護者役であり黒曜配下の影燈《かげとも》だ。

「地脈の力を利用しそこに拠点を構えていると推定していたでおじゃるが、どれほどまでに候補を絞れたでおじゃる?」

畳の上に広げられた地脈の地図を見ながら白狐が問う。その凛《りん》とした声に、黒曜がピンを手に取ると三ヶ所にそれを置いた。

「秋の波が覚えていた情報と、俺の配下の密偵の情報を総合した結果、やはりこの三点に絞っていいだろうと思う」

「……密偵の情報は、どのようなものでございましょう?」

三ヶ所のピンを見ながら聞いたのは玉響だ。

「視認はできないが、なんらかの力を纏ったものがそのあたりを出入りしている気配が多い、と」

「地脈ですから、力を得るために近づくものは多いのでは?」

疑問を口にした玉響に、

「確かに地脈は力の集まるところ。その力を得るために近づくものが多いのも事実だが、この三ヶ所が飛びぬけている。……それに、ただ力を得るためであれば、ここではなく、こちらの地脈を使うほうが効率がいいだろう」

黒曜は指先で別の場所を指さす。

「確かにそうでおじゃるな」

白狐は頷いてから視線を秋の波に向けた。

「秋の波、候補となった三ヶ所、何か感じるところはあるか？」

その問いに秋の波はじっと地図を見てから、緩く頭を横に振った。

「……ごめんなさい、わかんない」

「謝らずともよい。ここにいる全員、何も分からぬでおじゃるからな」

白狐はそう言ってから、地図に目を戻す。

「疑問がないわけではないが、地脈に拠点を作るのであれば、目立たぬ場所を使うのが定石。そう考えると理《り》に適っているでおじゃる。この三点、一番、出入りの多いのは？」

白狐の問いに黒曜が一点を指さす。

「一番はここ。次は同じくらいだと」

「……こちらの部隊を三つに分けて、同時に叩きまするか？」

玉響が問うのに、白狐は黙し、考える。

その中、秋の波の隣に座した影燈が軽く手を挙げた。

「少し、よろしいでしょうか」

「む？　なんでおじゃる？」

「こちらの戦力を三つに分けるには、部隊数が心もとないのではと危惧します」

神にはそれぞれ力の性質がある。稲荷神は基本的には戦闘に携わることがない性質だ。

その中でも戦闘に向いた性質のものたちが黒曜の配下として集められ、稲荷としては特殊な任務に就いていて、数的にはそう多いわけではないのだ。

戦力を三つに分けると手薄になる恐れがあった。

「前線には俺も出る。それで手薄なところはある程度カバーできるだろう」

黒曜はこともなげに言う。

「それはいけません！」

反対したのは八尾の稲荷の一人だ。

「不確定要素の多い作戦です。今回の作戦で首尾よくすめばよいですが、そうでなかった場合、黒曜殿に何かあればこちらは完全に後手に回ることになります」

「だからといって、配下のものだけを作戦に出すわけにはいかないだろう。そもそも、俺も一兵卒だ」

黒曜は、今は本宮にいることが多いが、基本的に彼自身も全国を飛び回って、まつろわぬものとなった存在や、害なすものと対峙している。

特に九尾という、最高位の稲荷であるため、危険な場所に赴《おもむ》くことが多く、瀕死《ひんし》の怪我を負ったこともある。

その治療のため、本宮に長くいなくてはならなかったときに取った――白狐に押し付けられたと言ってもいい――唯一の弟子が伽羅なのだ。

「ですが、黒曜殿は……！」

反論しようとした八尾の声に、

「……三つに分けるのは、確かにいささか不安でございまするなぁ」

玉響がそう重ね、そのまま続けた。

「敵に捕らわれているのは稲荷だけではないと、わらわの愛らしき秋の波が申しておりましたでしょう。祠より消えた神を抱えるすべての神族に文をお出ししたはず。協力に名乗りを上げてくれた方もおいででは？」

秋の波のうっすらとした記憶には、人の姿のものもいたが、鱗《うろこ》を持つもの、翼を持つもの、牙《きば》を持つものなどがいた。

それらに該当する神族に白狐は、今、起きていることを伝えるのと同時に、祠から消えたものがいないか調査をしたほうがいいと告げる文を出したのだ。

しかし、玉響の言葉に白狐はやや渋い顔をした。

「自然消滅ではと懐疑的な神族も多いのか、返信をくれたものはわずか。その中でも協力をと言ってくれたのは片手で足りるでおじゃる。……その中に戦に向いた神族はいらっしゃらぬからなぁ……」

戦に向いた神族でないのは稲荷神も同じだが、稲荷神は分母が多い分、まだ戦闘に向いたものの数も多い。

だが、そう数の多くない神族であれば、戦闘に向いたものの数はしれているだろうし、それらは自分たちを守るための大事な戦力だ。

そう簡単に協力を、とはいかないだろう。

「普段、荒事を行わないものを前線に出しても惑うだけだ。急ごしらえの混合部隊など、連携もできないだろう」

黒曜が冷静な声で言う。

それにしばしの沈黙があったが、

「では、さらに詳細な分析を待つ必要がございましょう。それをもとに、戦力の割り振りを行わねば」

玉響は言い、秋の波を見た。

「秋の波、中にはどの程度、どのようなものがいたか覚えておりませぬか？」

その問いに、秋の波は眉根を寄せ、うっすらとした記憶を手繰り寄せようとする。

自分を祀《まつ》ってくれていた鉱山の町が衰退《すいたい》し、人が消え、秋の波は信仰してくれる者を失った。

残ったのは、鉱山事故で無念にも亡くなった者たちの行き場のない怒りや悲しみ、秋の波の祠の前で命を絶った娘の呪詛《じゅそ》。

禍となったそれらの念に、ひきつけられてやってくる『よくないもの』を宿した者たち。

その時の秋の波には、もうそれらに抗するだけの力はなかった。

だから、助けが来るまで祠の内に籠《こ》もるしかなかったのだ。

本宮には何度も助けを求める文を書いた。

だが、一度として返事が来ることはなかった。

時間の経過すら分からず、様々な感覚が曖昧になった頃――アレが来た。

血のような赤い目をした男。

『我とともに来るなら、おまえの愛しい相手と会わせてやろう』

決して手を取ってはいけない相手だということは本能で分かった。

だが、どうしても会いたい人がいた。

会いたくて、会いたくて、仕方がなくて。

最後に一目でも会えるなら。

影燈に会えるなら。

そう思った瞬間、秋の波は男の手を取っていた。

けれど——秋の波の望みなど叶えられることはなかった。

男の手を取った瞬間、秋の波の中に何かが入り込んできた。おそらくは野狐化を促進させる呪だろう。

力を失い、禍《わざわい》の負の思念に侵されていた秋の波には、その呪を撥ね返す力などなかった。

「個」としての感情が薄れ、他の野狐化したものや、闇堕ちした他の神族のものの思考が入り込んできた。

呪で繋がった集合意識を持つ、個体となってしまったのだ。

「……きょてんが、ひとつじゃなかったのは、かくじつ。……おれみたいなやくめのやつは、いっぱいいいた。なにかあったら、そいつらがでてきて、おうせんするとおもう。……でも、どこに、なんにんくらいいるかは、わかんない。おれのいたばしょかどうかも、わかんないから……」

野狐だった時代の記憶はほぼすべてが曖昧だ。集合意識として繋がっている、『自分の中の違う誰か』。

その記憶が混ざってしまうし、あの頃の自我などあってないようなものだった。

「……ごめん…」

確信できないことが多すぎて、申し訳なくなり秋の波は謝る。

「秋の波、そうしょげるでない。そなたがいなければ『野狐が増えている』のを、見過ごすとまでは言わぬが、時代の流れによるものかと、もうしばし様子を見ることになっていたであろう。さすれば、増えている理由や此度の企みに気づくのもさらに遅れた。我らが気づいたころにはもう覆せぬところまで追い込まれていた可能性があるでおじゃる」

過疎化が進み、信仰を失った神たちは増えている。

特に稲荷は個人宅に祀られていたところも多く、その家が絶えたあと、放置され、特段の祀り事もせず撤去された祠も多い。

そうやって行き場を失った稲荷はしばらくその地をさまよったのちに、消滅する。

その過程で同じように行き場を失ったものたちと同化し、よからぬものへと変わることもあるのだ。

だから、空の祠が見つかることはそれまでにもあったが、本宮では「気にかけるべき案件」として情報があげられるものの、数が膨大なこと、大抵はそのまま消滅してしまって影響がないこともあり、現場の状況によっては、問題なしとされることも多い。

問題なしとなる状況は、過疎化などで信仰されるものがいなくなり、力を失って消滅したと判断される場合だ。

消滅は悲しいことだが、禍となることはないため、それ以上の調査は行われない。

だが、秋の波が野狐化した件で、過去にさかのぼって様々な祠が調査され、いくつかの祠からは「消滅したように見せかけられた」と疑わねばならない形跡が出た。

その調査の中で、野狐化を促進させるための術が存在することが分かったのだ。

「地脈の流れからして、一番の兵力を持たせるならこの拠点だと推測できる」

黒曜が一つの点を指さし、それに白狐と玉響も頷く。

「ここに半数を割いたとして、残り二つをさらに半分ずつ……。相手の勢力が摑めぬ今、心もとないでおじゃるが」

「……情報が足りませぬゆえ、申し出を受けるかどうか迷うておりまするが、内々に月草《つきくさ》殿より、必要であれば手伝いをと声をかけていただいておりまする」

白狐の言葉に少し思案する間を見せてから、玉響が言った。

月草。

それは、美貌《びぼう》で名を知られる神であり、それと双璧をなすと誉《ほま》れ高いのが玉響だ。

美を誉めそやされるもの同士、ライバル意識があるのではないかと思われていたが、この二人はとても仲がいい。

別の神族に属するというのに、「前世は双子の姉妹でした」とでも言いたくなるほどに気が合い、時間を作っては二人、人界で落ち合って女子会を開く始末だ。

少し前にも巨大な水晶《すいしょう》玉が本宮に持ち込まれ、オンライン女子会を開いていたことは記憶に新しい。

「なんと、月草殿が」

白狐が少し驚いた顔をする。

「はい。すべての神族に関わることゆえ、と。ただ、月草殿の神族も戦いに向いた質とは言い難うございますから、足手まといになっては、ともおっしゃっておいでてございましたが」

黒曜が危惧《きぐ》していたことでもあるので、玉響は黙っているつもりだった。

しかし、もし、月草の神族からある程度の戦力を融通《ゆうずう》してもらえるなら、一拠点が混合部隊となったとしても、役割分担を徹底させればある程度の問題はクリアできるだろう。

「一番、手薄そうな場所に入っていただくのであれば、と思いまするが」

「で、あれば、残る二つにもう少し勢力を割けるでおじゃるが……その分析自体が危ういでおじゃるからなぁ」

分析に当たるには、現状、圧倒的に情報がない。

秋の波の持っている情報も、少し前のもので、現在は違っている可能性も高いのだ。

そのため、会議はこれまでにも幾度か開かれているが、進展が遅い。

その中、秋の波が口を開いた。

「……やこだったころの、しゅうごういしきにどうちょうできたら、いまのじょうほう、せいかくにつかめると…」

「なりませぬ！」

秋の波の言葉を遮《さえぎ》るように玉響が否を告げる。

耳がピンと立ち、纏う気配に先ほどまでとは違う刺すような張りつめたものが混ざる。

「ははさま……」

玉響を見る秋の波の表情には「なぜ?」と疑問が読み取れた。

正確な情報を得られれば、有効な手立てを打てるはずだ。秋の波はそう思うからこそ言ったのだが、

「我も玉響殿と同意見でおじゃる。あまりに危険すぎるゆえなぁ」

白狐は変わらぬ穏やかな口調で言った。

野狐であった頃の集合意識と同調するということは、野狐と同等のエネルギー帯に触れるということだ。

今の秋の波では、触れた瞬間、呑みこまれてしまう可能性がある。

「でも……」

「秋の波、相手もこちらの動きにはある程度感づいていると見ていい……。そうなれば、向こうが態勢を整える前に叩く必要がある。今から同調して情報を得るとして、戦いまでに摑める情報は知れているだろう。わずかの情報とおまえを引き換えにはできん……」

黒曜がまっすぐに秋の波を見て言った。

今回の作戦で一番、危険な部分を担うのは黒曜配下の部隊だ。彼らの安全を思えばわずかでも情報が増えることはいいことのはずだ。

それなのにそんなふうに言ってくる理由が、秋の波には分からなかった。

しかし、

「黒曜の言う通り。秋の波、そなたはいわば秘密兵器。やすやすと使うわけにはいかぬでおじゃる」

白狐が続けるのに、秋の波は、

「ひみつへいき……」

小さく繰り返した。

「そうでおじゃる。……此度の作戦が成功すればそれでよし、無理であれば、その時は秋の波の出番でおじゃる」

その言葉に、秋の波は頷いた。

今回の作戦はあまりにも情報が少ない。それにもかかわらずこちらの手のうちのすべてを見せるわけにはいかないということなのだろう。

その後、大まかな作戦が決められ、白狐は本宮を離れることはかなわないため、実働部隊の陣頭指揮は黒曜と玉響が執ることが決まった。

仔細はこれから詰めることとし、この日の会議は終わった。

会議のあと、玉響は秋の波の部屋——というか、実際には影燈の部屋だ——に向かい、そこで別宮に戻るまでのわずかな時間を、秋の波愛でタイムに使った。

「さ、母様のお膝においでなさい」

出された座布団に腰を下ろした玉響は両手を広げて秋の波に声をかける。それに秋の波は、まだ少し浮かない顔をしながら、玉響に近づくと甘えるように膝の上にちょこんと横座りをする。

その秋の波をそっと両手で抱きしめる玉響に、

「ははさま、ごめん」

謝った。

「何を謝ることがあるのです？」

「……おぼえてることがすくなすぎて、ぜんぜんやくにたててない。おぼえてることだって、あいまいで……」

震える声で言った秋の波に、

「そなたがそのようなことで思い悩まずともよいのですよ。白狐様がおっしゃったように、そなたがいなければ知りえなかったことも多いのですから」

玉響は、決して秋の波には何の責任もないと言外に伝える。

実際にそうだ。

野狐となって見つかった稲荷は、秋の波以外にもいる。だが、その誰もが消滅した。

もし、秋の波がいなければ、野狐や堕ち神となるものが増えていることも、それが意図的であることにすら気づかなかっただろう。

「でも……」

「今回の作戦は、迅速《じんそく》さも必要なのです。秋の波が新たな情報を引き出せたとして、それを分析し有効的に活用できるよう作戦を練るには、時間がかかりまする。確かに、厳しい作戦となるやもしれませぬが、黒曜殿の配下のものは影燈殿を含め、みな手練れ。そうでございましょう?」

玉響はそう言って、少し離れた場所に控えている、この部屋の主である影燈に視線をやる。影燈はその視線に頷いた。

「今回の作戦には精鋭部隊が投入される。それに、黒曜殿だけではなく玉響殿まで参加されるのであれば不測の事態が起きたとしても、最悪な状況にはならないだろう」

影燈の言葉に、秋の波はぎゅっと玉響に抱きついた。

「ははさまにも、かげともにも――ううん、だれにも、けがとかしてほしくない」

そのいじらしい秋の波の言葉に、玉響の「秋の波愛でゲージ」は一瞬でマックスに到達した。

「秋の波、そなたは愛らしい上になんと優しい子なのじゃ……!　大丈夫、心配はいりませぬ。こう見えて母様は強いのですよ」

「……ははさま…」

コテン、と頭を玉響の胸に押し当て、秋の波は押し寄せる不安や湧き起こる不甲斐のなさを紛らわせようとする。

だが、それから間もなく、廊下から玉響の別宮への帰還を促す声が聞こえてきて、秋の波の不安は解消しきれないまま、玉響は別宮に戻ることとなった。

「明後日にはまた参りますゆえ、それまでの間、秋の波を頼みまする」

玉響は影燈に秋の波を託すと、後ろ髪を引かれる思いをしながら別宮へと帰っていった。

そして託された影燈は、

「秋の波、疲れただろ？　昼寝でもするか？」

膝を折り、秋の波と目線の高さをできるだけ揃えて問う。その言葉に秋の波は少し間を置いてから、

「……そいねしてくれる？」

甘えるように聞いてきた。

普段の秋の波は、甘える時にはこんなふうな言い方はしてこない。基本「子供の特権で、お願いしたら大抵聞いてもらえる」ことを熟知しているので、「そいねして。あと、ねるまで、えほんよんで」くらいのことを言ってくる。

——よっぽど落ち込んでんだな……。

そもそも、秋の波の状態は不安定だ。

頭の中の知識も記憶も、五尾であった当時とほぼ変わらないのだが、精神的な面が幼児である体に引きずられて幼いのだ。

頭ではわかっていても、気持ちが追い付かないことは、大人であってもあることだが、秋の波はその落差が激しい。

それで癇癪めいたものを起こすこともあるし、体調を崩すこともある。

野狐として穢れた部分を削ぎ落とし、わずかに残った清浄な部分の魂から、自分の力だけで魂の器としての肉体である『魄《はく》』を作り出した。

そんな例はこれまで一つもなく、今の秋の波の状態は未知数だった。

――できるだけ、ストレスとかねえようにしてやりたいんだけどな……。

現状では、それも難しい。

だからできる限り、秋の波のしたいようにさせてやりたいと思う。

もっとも、そうでなくとも、紆余曲折を経てようやく恋人としてそばにいられることになった秋の波を、大事にしたいと思う。

今、秋の波が自分のそばにいることが奇跡なのだから。

布団を敷き、秋の波の隣に添い寝をして、影燈は子守唄を歌う。

一つを歌い終えた時、

「……なにかいっこでも、かくしょうをもって、いいきれることがあればいいのに…。ぜんぶあいまいなことしかいえない」

秋の波がぽつりと言った。

「あのな、みんなの期待を裏切ったら悪いとかそういう理由で、確証もないのに言いきられたら、それをもとに見当違いの作戦を立てることになるだろ。確証を持てないなら、持てないって言われたほうがはるかにいい。見込みの甘さは、失敗に直結する。不確定要素が多いなら、その分、いくつもの回避パターンを準備しておけばいいだけだ」

黒曜のもとで、何度も危ない作戦をこなしてきた影燈は、情報の少なさよりも油断や慢心のほうが危険だと分かっている。

「それは、そうかもだけど……でも、ははさまや、かげともが、さくせんにさんかすることになるから、できるだけ、あぶなくないようにしたいよ」

「ああ、おまえの気持ちはよく分かる。でもな、白狐様もおっしゃったとおり『おまえ』の存在を今、向こうに知られるわけにはいかない。今回の作戦が失敗とまではいかなくても、相手を叩き損ねた場合のことを考えればな」

「……うん」

秋の波は小さく返事をしたが、

「もっと、ちゃんとおもいだせたらいいのに……」

そう呟いた。

◆◇◆

――わずかでも、おもいだせることがあればよいのに……。

香坂家の縁側では、シロが、よく晴れた庭でご機嫌な様子で鼻歌を歌いつつ洗濯物を干している伽羅の姿を見ながら、小さくため息をついていた。

ため息の理由は『千代春《ちよはる》』についてを思いだせないことと、あれ以来、柘榴《ざくろ》が来ていないことだ。

――りゅうじんどのから、おしえていただいたとおりにしたのですが……。

琥珀が無事に本宮から戻り、伽羅が以前のように家事をするようになった。

そのことは喜ばしいのだが、以前は伽羅の留守中に柘榴が来ていた。

伽羅のいる時間にうっかり柘榴がやってくることは避けたいし、とはいえ伽羅が戻っていることと自体をまずは伝えねばならないので、その伝える策をどうするかでシロは悩んでいたのだ。

そんなシロの悩みに答えたのは他でもない龍神である。

伽羅が陽とともに園部の初七日に出かけて留守にしていた時のことだ。

龍神は、伽羅が家に戻ってきていることとは、気配で柘榴も察しているだろうと言った。

「下手に近づけば伽羅に気づかれるが、遠くからではおまえに気づいてもらうこともできん。それゆえ向こうもどうやって連絡を取るか、考えあぐねておるだろう。今後、どうやって会い、連絡を取り合うのかは二人で決めればよいが、そのためにはまず会わねばならぬな」

「……それを、どうすればよいかわからぬから、なやんでいるのです」

シロは唇を尖らせ、言う。その様子に龍神はにやりと笑むと、

「この家の、辰《たつ》の方角を使え」

そう告げた。

「たつのほうがく、ですか……？」

「ああ。この屋敷を琥珀と伽羅は守っているとはいえ、我がいる以上、辰の方角に関しては我の支配下。そこに、おまえが逢《あ》い引《び》きするための何らかの仕掛けをしたとしても、二人は気づくことはない」

未だ、回復途上の龍神だが、その力は伽羅や琥珀を凌駕《りようが》するものだ。龍神の支配域にある事柄に関しては、二人が気づくことはない。

それに、龍神が何か妙なことをするなどとは、思ってもいないだろう。

その信頼を裏切るような形にはなるが、何かあったとしても、柘榴程度なら、龍神には赤子の手をひねるようなものだ。

龍神の言葉に、シロは少し悩むような様子を見せてから、

「きゃらどのが、きづかなかったとしても、そのしかけを、ざくろどのがふしんにおもわれれば、やはりいらっしゃらぬでしょう。……わなだとおおもいになるのでは」

冷静に分析した。しかし龍神は、

「『仕掛けに気づいた』という事実があればいい。我がそれを察知して、そなたに知らせる。

……そうだな、まずはきなこを遣わせればいいだろう。チュルルを報酬《ほうしゅう》にすればきなこはその程度のことなら簡単に受けるはず。そしてきなこが柘榴の気配に気づいてそなたを呼びにいった、という形にすれば問題はあるまい？」

すでに考えてあったらしい手順を口にした。

「……うまく、いくでしょうか……？」

自信なげに視線を落とし、シロは言う。

「そこまで保証はできぬ。ただ、そういうやりかたがあるというだけのこと。……やるかやらぬかは、そなた次第だ」

その龍神の言葉に、シロは悩んだあとで頷くと、

「……もんだいが、もうひとつあります」

真面目な顔で、告げた。

「問題？　なんだ」

龍神の中では破綻のない計画で、何ら問題はないと思っていたらしく、見落とした点があったかと、不審げな顔で聞いた。

それにシロは、

「あのかたに、きづいてもらうために『しかけ』をどうすればいいのか、さっぱりけんとうがつきません」

もっとも根本的なことを口にした。

「おまえは、いったい何年座敷童子《ざしきわらし》をしておるのだ……」

まさか、そんな初歩的なことを言われるとは思っていなかった龍神は、少し呆れ顔になる。

「いえ、せいかくには『ざしきわらしになりかけ』のみですし…そもそもざしきわらしは、あいらしく、おちゃめにあそぶのがしごとですので、じゅつにかんしてはさっぱり」

確かに、座敷童子は、早逝した子供がなるものだ。

やたら術に長けた座敷童子というのも、面白いかもしれないが、基本的には存在しないだろう。

「……お百度でも踏むつもりで、辰の方向にそなたの気配を強く残しておけ。運がよければ気配を残している最中に奴が現れるかもしれぬ。伽羅に見つかったら、天気がいいから散歩をしているとでも言っておけばいいだろう」

呆れつつも、龍神はそう助言をしてくれた。

その助言に従い、シロは伽羅が家事を終えて自分の祠に戻る時間――伽羅は毎日、一通りの家事を終えると自分の祠に戻り、領地の管理や本宮との連絡を取り合い、頃合いを見て戻ってくる――その間を使って、シロは辰の方向に気配を残す作業をした。

しかし、一向に柘榴は現れなかった。

忙しくて来ることができないのか、伽羅がいるから来るのを諦めてしまったのか、それとも彼自身の身に何か起きたのか。

不安ばかりが先走って悩みながら、昼食を終えたシロは、縁側で日向ぼっこをしている半野良猫のきなこのお腹に背を預けて、同じように日向ぼっこを始めた。

「シロちゃん、俺、祠に戻ってきますから、お留守番お願いしますねー」

昼食の片づけを終えた伽羅がそう声をかけてくる。

「わかりました、いってらっしゃい」

「はーい、いってきまーす」

明るい声で伽羅は返し、術ですっと姿を消して祠に戻る。

伽羅は七尾という高位の稲荷神だ。それに対し、シロは座敷童子のなりかけという、半人前。

それにもかかわらず、伽羅はシロのこともずいぶん大切にしてくれている。

感謝しかないというのに、今は伽羅が留守にする時間を待ちわびる自分がいて、そのことも心苦しかった。

——きかれなかったから、こたえなかっただけ、などというのは、ただのきべんでしかありません……。

この家に集うみんなを危険に晒《さら》すことに繋がるかもしれない。

そうは思っても、柘榴のことを、このままにしておきたくなかった。

伽羅が祠に戻って二十分ほどしただろうか、不意にきなこが起き上がり、完全にきなこに体を預けていたシロはそのまま後ろにすっ転んだ。

こういうことはよくある――きなこは体勢を変える時、シロのことをあまり気遣わない。というかシロの気配が薄いのでシロがいることをすっかり忘れるのだ――のでシロも大して気にはしなかった。

起き上がったシロは軽く伸びをしてから、軽快な足取りで縁側から庭に下りると、そのまま家の辰の方向へと向かった。

そしてしばらくすると、「にゃーん」とシロを呼ぶように鳴いた。

その声にシロは急いで起き上がり、あの日、龍神に言われたとおりにお百度を踏んで気配を残した場所へと向かった。

シロが近づくと、そこには柘榴がいた。彼の足元にはきなこがいたが、きなこはシロが来たのを確認すると「お仕事終了」とでもいった様子で、さっさと家のほうに戻っていった。

シロは急ぎ足で柘榴に近づき、

「ざくろどの、おひさしぶりです」

嬉しそうな笑顔で言った。

その笑顔は、柘榴が捜し続けている千代春を思いださせた。

――……殿、鳥がきましたよ――

庭にまいた餌《えさ》をついばみにきた鳥を指さし、嬉し気にしていた。

小さなもの、ささやかなことに喜びや安寧を見出す、優しい人だった。

「ざくろどの？」

黙ったままの柘榴に、少し戸惑ったようにシロが名を呼ぶ。そのシロの前に柘榴は膝をつき、できる限りシロに目線を合わせた。

「しばらく訪うことができず、申し訳なかった」

そう謝ってから、

「七尾の、この家を守る稲荷がいたので、なかなか……」

言い訳のように言ったその言葉から、伽羅がいては会えない事情があることが察せられた。だが、それについてシロは一切、こちらから問うことはせず、

「そうでしたか」

と言うにとどめる。

「シロ殿の気配がこの場所だけ濃いのには、その時に。今日は稲荷がいないようなので来てみたのだが、会えてよかった」

続けられた言葉に、シロは頷くと、

「われらのようなそんざいは、おなじしゅぞくでもないかぎり、へいそはかおをあわせることがないのがふつうです。たがいにけいかいしてしかるべきですし」

柘榴の事情も分かる、と理解を示す様子を見せた。

柘榴はそのシロの返事に安堵した様子を見せつつも、

「そう言ってもらえるとありがたいが、今後はこうして話すことも難しくなるだろう。今も長居をすれば気づかれる可能性がある……話したいことはいろいろあるが…」

これからは会うことができなくなる、と言外に告げる。

伽羅が留守にしているとはいえ、異変を察知すればすぐに戻ってくるだろうし、この家には龍神もいる。

しかし、そんな柘榴に、

「ここは、このいえの『たつ』のばしょで、りゅうじんどののしはいかです。きゃらどのや、こはくどののめは、あまりとどきません。そして、りゅうじんどのは、ねむって、ちからをためることに、ふしんされておいでで、さしていえのことにとんちゃくされておりません。……それに、ざくろどのは、できるかぎりけはいをころして、うちにいらっしゃっているでしょう?」

シロは聞き、柘榴は頷いた。

ここに来るにあたって、以前、本屋でぶつかった際に感じ取った陽の気配を偽装してはいるが、あくまで偽装だ。

精査されれば、気づかれるだろう。

だが、シロは、

「なれば、だいじょうぶです、りゅうじんどのはおきづきになりません」

無邪気な笑顔で言い切った。

もちろん、嘘《うそ》だ。柘榴に嘘をつく心苦しさはあるが、龍神がそう言って柘榴を安心させろと言ったのだ。

「だが……」

それでも警戒心はあるのだろう。やすやすと柘榴が乗ってくる様子はなかった。

「とはいえ、ざくろどののきぐもわかります。りゅうじんどのが、きまぐれをおこされぬともかぎりませんし、ざくろどのがしんけんに、ちよはるどののことをさがしておいでなのに、おもしろはんぶんにくびをつっこんで、ひっかきまわされてはめいわくですから、もしよければ、あうための、あいずなりなんなりを、きめてはどうかとおもうのです」

シロはさらりと龍神をディスりつつ、柘榴と次に会う機会を誘導する。

だが、それにも柘榴は戸惑った様子を見せる。

警戒の強さは、後ろ暗さの表れかもしれない。

もしそうなら、この家に柘榴を近づけさせることは危険なのだろう。

それでも——シロは続けた。

「われが、いつ、ちよはるどののことについて、なにかおもいだすかわかりませんし……」

その言葉に、柘榴の心は動いたようだった。

「……いつ、とははっきり決めることはできないが、会える時に、木の実をここに置いておこう。シロ殿がそれを見つけたら、この家の前の坂道を少し下ったところに、獣道がある。そこに来てもらえるだろうか？」

「わかりました。でも、もしわれがきづくのにおくれたら、あえぬかのうせいも……」

「できる限り待つ。だが俺も急に呼び出されることがあるから、会えずに戻らねばならない時は……そうだな、金平糖を包んだ懐紙《かいし》を置いていく、それでどうだろうか」

柘榴の言葉に、シロは頷いた。

「では、あえるよう、きをつけてここをみはっておきます」

その返事に柘榴は安心した様子を見せると、

「今しばらく話したいが、あまり長居はしないほうがいいだろう。……また、次に」

やはり、守りの強い敷地内であることが気になるのか、そう言った。

「はい。また、つぎに」

笑顔でシロが言うと、柘榴は立ち上がり、そのますっと姿を消した。

シロは一つ小さく息を吐き、家へと戻った。

シロを出迎えたのは、縁側できなこにチュルルを与えている龍神だった。

「首尾よくいったようだな」

龍神の言葉に、シロは頷いたが、気持ちは複雑だった。

柘榴のことが気になるし、会いたいと思う気持ちは本当だ。

だが、そのために、柘榴のことも、伽羅や琥珀たちも騙《だま》している。

「……ざくろどのは、ずいぶんとけいかいしておいででした…。ちよはるどののことを、おさがしであるのはほんとうだとおもいます。ですが、あのかたのそんざいりゆうには、それいがいのこともあるのだろうと……」

呟くように言うシロに、龍神は大した興味も見せず、チュルルを食べ終わったきなこの頭を撫でている。

「りゅうじんどの。ざくろどのが、いったいどのようなおもわくでおいでなのか、それがはっきりするまでは、てだしをしないとやくそくしていただけませんか」

さっきよりも強い声で言ったシロに、龍神はちらりと目を向けた。

「それほどまでに、あのものに入れ込んでいるのか」

「……やくそく、してください」

シロは答えず、ただ繰り返した。

もちろん、そんな約束など無意味だと分かっている。

神との約束は絶対だとはいえ、それを反故にされたとて、龍神と座敷童子のなりそこないである自分では、龍神に何らかの反作用が起きるとしても、蚊に刺される程度のことだろう。

それでも、気休めにしかならないとしても、約束を取り付けねば気がすまなかった。

まっすぐに見つめてくるシロに、龍神は口の端だけで笑うと、

「いいだろう。あの程度のものを処すのは簡単なことだからな」

物騒なことを言いながらも、承諾した。

「だが、我に関わるものどもに害意を向ければ、その時は潰す」

怪しく目を光らせると、立ち上がり居間のほうへと姿を消した。

それを見送り、シロは安堵と気まずさを同時に噛《か》みしめたのだった。

3

数日後ののどかな昼下がり、その日も後藤家の居間では、後藤と、孫の秀人、そして夕方から勤務の倉橋《くらはし》が集まって、思い思いに過ごしていた。

例えば後藤はテレビを見ているし、倉橋は新聞を読んでいる。そして秀人は携帯電話を何やらいじっている。

好き勝手に過ごすなら、それぞれの部屋でもいい――後藤は居間が定位置だが――のだろうが、なぜか全員、居間に集まってくる。

そして、そのことを誰も疑問にも思っていない。

そういうものだろうと三人とも思っていて、ある意味では三人とも気が合っていた。

そのうち、秀人が携帯電話の操作を終え、机の上に置く。

「難しそうな顔をして画面見てたけど、もしかしてお父さんからメール?」

倉橋が問うのに、秀人は頭を横に振った。

「いえ。今のはレンタルハウスのことで、お客さんから金額について相談があって」

「値引きしてってことだよね?」

「ええ。金額によっては一週間程度滞在したいと思ってる、なんて思わせぶりな感じで。実在してるかどうかわからない候補先と金額競争させられるのも嫌だし、この人にいいですよって言ったらあっという間に拡散されて、他のお客さんにも値下げしなきゃなんなくなりそうだしってことで、断ったんですけど、断るにしてもこっちの文面を曲解して難癖付けたりしてくる人もいるんで……向こうのプライドを傷つけずに上手く断る文章を考えてたんですよ」

秀人の説明に、倉橋はため息をつく。

「どこにでも、モンスターなんとかっていうのはいるよね」

その様子から、具体的に思い当たる節があるのが分かる。

「モンスターな患者さんっていうのもいるんですか？」

「もちろん。……まあ、体のどこかが悪いって時点でストレスだから、ある程度はしょうがないんだけれどね」

「倉橋先生も、大変ですね。ただでさえ激務なのに」

秀人がねぎらうように言うと、

「まあ、患者さんの相手は基本、百戦錬磨の看護師さんたちがしてくれるから、どんなクレームつけられても、謝ってるように見えて最終的に謝ってない手練手管は、さすがだなあって感心するよ」

倉橋はそう言って笑う。それに、テレビを見ていた後藤が、

「秀人、おまえもその看護師さんに、正也からの電話を代わってもらえ」

笑いながら言う。

「あー、それいいかも。もう、最近、本当にストレス」

げんなりした顔をわざと作って秀人は言う。

「お父さんからの電話、相変わらず続いてるんだ?」

「はい。とにかく今すぐにでも戻ってきて、さっさと就職しろって、毎回毎回飽きもせず同じことばっかりです。向こうは言うのに飽きてないみたいですけど、こっちは聞き飽きたんで、ここ二日ほど無視してます」

出たら出たで、長くて時間の無駄なんで、などと秀人は苦笑いする。

「秀人くんならすぐに資格取れるだろうから、生活のための仕事ってだけなら、総合病院の医療事務の仕事、紹介できるよ」

倉橋はそう言ったが、すぐに、

「まあ、これに首を縦に振るくらいなら、前の仕事辞めてないよね」

笑って続けた。

仕事を辞めた理由を、あれこれ詳しく話したわけではないのに、おおよそにでも理解してくれているのが嬉しくて、秀人は微笑んで頷きながら、

「まあ、取っておいて損のない資格かな、とは思うので、先々を見据えて取ることも考えてみます」

そう返した。

「それ以外の仕事でも秀人くんのポテンシャルなら、大抵こなせると思うけど、せっかく思い切って時間を作ったんだから、ゆっくり考えればいいと思うよ」

「まあ、今も、ただ遊んどるだけじゃないわけだしな」

倉橋に続けて後藤も言う。

その言葉に秀人が返す言葉を見つけようとしたとき、カラカラ、と玄関の引き戸が開く音が聞こえ、

「こんにちはー」

明るい陽の声が聞こえてきた。

「あ、陽くんが来たね」

倉橋が微笑ましそうに言う。

「ってことは、もうおやつ時か?」

後藤はそう言って時計を見る。

二時半を少し回ったところで、ほぼおやつタイムである。

「陽くんを鳩時計みたいに言うのどうかと思うよ?」

秀人はそう言いながら立ち上がり、玄関へ陽を出迎えに行く。

陽は玄関の中に入っていたが、勝手に上がってくるようなことはせず、いい子で待っていた。

基本的に陽は、「入っておいで」と声をかけない限りは、家には上がってこない――が、庭を

横切っていったりは普通にする。

家に勝手に上がるのはNGで、敷地内でも庭などならOKという線引きなのだろう。

もっとも、このあたりは裏に畑や田んぼを持つ家が多く、あぜ道が境界線で、その続きに特に隔てもなく庭があったりするため、集落の住民同士も、庭への出入りは普通のことで、よく縁側サロンが開かれているのも、のどかな田舎ならではの光景だろう。

「陽くん、いらっしゃい」

「ひでとくん、こんにちは！　おじいちゃんもいる？」

「いるよ。倉橋さんもね」

秀人が言うと、陽は嬉しそうに笑った。

「あのね、みんなでたべようとおもって、きゃらさんがやいたクッキー、もってきたの」

そう言って、丸い市販のクッキー缶を見せる。中味は手作りクッキーなのだろう。

「そうなんだ。じゃあ、みんなでおやつにしようか。上がっておいで」

秀人の言葉に、陽は頷くと、「お邪魔します」ときちんと挨拶をして、玄関に上がり、そして靴をちゃんと揃える。

その動作は完全に身についたもので、もっと幼い頃から躾けられてきたんだろうなとわかる。

――叔父さんだっていう琥珀さんも、なんか、品があるしな……。

時代劇で日本語を覚えたらしいと噂の琥珀は、言い回しが丁寧というか、古風だ。だがそれも琥珀の品とマッチしているように思える。

そんなことを考えながら秀人は陽と一緒に居間に戻った。

「ごとうのおじいちゃん、くらはしせんせい、こんにちは」

陽は二人に改めて挨拶をする。

「おう陽坊、今日も元気だな」

「こんにちは、陽くん」

後藤と倉橋もそれぞれに挨拶をし、陽に座るように促す。

陽は座ると、さっそく持ってきたクッキー缶を机の上に置いた。

「きゃらさんが、てしまのおばあちゃんの、おかしきょうしつでやいたクッキーなの。みんなでたべようとおもって」

「伽羅さんと手嶋《てしま》のばあさんのクッキーなら、そりゃうまいだろうな。楽しみじゃ」

後藤が言うのに、秀人は、

「じゃあ、コーヒー淹れようか」

そう言って、隣のキッチンへと向かう。そのあとを陽も追った。

秀人はコーヒーをサイフォンで淹れる。

陽はその様子を見るのが大好きなのだ。

「今日は四人だから、二つで淹れようかな」

秀人はそう言うと、自分が持ってきたサイフォンとは別のサイフォンを棚から取り出した。

秀人がサイフォンでコーヒーを淹れると知った集落の住民が、昔何度か使ったけれど、今はもう使っていないからよければと、譲ってくれたものだ。

一九七〇年代にあったコーヒーブームの時に買い揃えられたものだろう。

ほどよいレトロな感じが、ノスタルジックで逆に今っぽいと秀人は思う。

秀人のサイフォンは二杯用だったので、普段、三人で飲むときには、先に後藤と倉橋に飲んでもらい、そのあとで自分のものを淹れていたのだが、もらったサイフォンは秀人のものより少し大きめだったので、四人分でも一度に淹れられるようになった。

もっとも陽はカフェオレ仕立てにするので、三・五人分といったところなのだが、みんなマグカップで飲むので、多めに作ることにした。

「やっぱり、なんかいみても、おゆがうえにのぼっていくの、ふしぎ……」

陽は熱せられて上の漏斗へと昇っていく湯を見ながら呟く。

サイフォンの原理を知っているので、秀人は不思議だと思わないのだが、サイフォンでわざわざ淹れるのは、この光景が好きだからだ。

「不思議で楽しいよね」

秀人は言いながら、昇ったところでアルコールランプの灯を消した。

あとは、少し冷めて下のフラスコに落ちてくるのを待つだけだ。

少しずつコーヒーになった液体が落ちてきはじめた時、インターフォンが鳴った。

「誰だろ……？」

「ボクがいってくる！」

基本、来客といえばご近所の誰かだ。そのため、陽が遊びに来ているときは、フットワークも軽く出迎えに行ってくれることも多い。

冬の間は、そんな陽のフットワークの軽さがものすごく助かった。

大人たちは全員、コタツから出たくなかったからだ。

「ありがとう、助かるよ」

秀人の言葉を背に、陽がてててっと玄関までの廊下を急ぐ。

いつもなら、インターフォンを鳴らしたあと、玄関戸を開けている住民が多いのに、今日は外で待っているらしく、入ってくる様子がない。

陽は靴を履いて玄関のタタキに下りると、玄関戸を開け――そして戸惑った。

そこにいたのは、見たことのない、五十代と思しきやや険しい顔つきの男だったからだ。

――……？　だれ、だろ……。

出迎えたものの、想定外の状況に陽はポカンとする。

そして男も、戸惑った顔をしていた。

「……君は…？」

問われて、陽は、自分では解決できない問題だと悟る。

「えーっと、まってて。しらないひとがきたって、おじいちゃんにいってくる」

そう言うとすぐさま踵を返し――それでも靴を揃えるのは忘れず――居間へと急いだ。

「おじいちゃん、しらないおじさんがきたよ」

陽の言葉に後藤は首を傾げたが、陽が知らないと言うなら集落の人間ではないのだろう。

「セールスかなんかか？」

言いながら後藤はよっこらしょ、と掛け声をかけて立ち上がる。

「俺が行きましょうか？」

年寄り相手に阿漕《あこぎ》な訪問販売をする輩もいるので、倉橋は言ったのだが、

「いや、とりあえずわしが出る。ややこしい輩じゃったら先生を呼ぶから、聞き耳たてとってくれ」

後藤はそう言うと玄関へと向かい、陽もお供する。

だが、後藤は玄関に立っている人物を見ると、

「正也……」

驚いた様子で言った。

それに、正也と呼ばれた男は、

「秀人はいるか」

そう聞いた。

「挨拶もせんと、いきなりそれか」

ため息交じりに言う後藤に、

「悠長に挨拶なんかしてられん」

わずかに怒気をはらんだ声で男は言う。

剣呑な空気が漂う中、陽は後藤の手を引っ張って、

「だれ?」

興味百パーセントの無邪気な様子で聞いた。

「ああ……、じいちゃんの子供で、秀人の父親だ」

後藤がそう紹介すると、陽は途端にぱあっと笑顔になり、正也を見ると、

「ひでとくんのおとうさん! はじめまして、はるです」

礼儀正しく、ご挨拶を繰り出す。

「あ、ああ…」

戸惑いつつ相槌を打つ正也に、陽は相変わらずにこにこしたまま、後藤を見る。

「ひでとくん、よんでくる?」

「いや…かまわん」

後藤は視線を正也へと向け、続けた。

「まあ、上がれ。丁度、秀人がコーヒーを淹れとるところじゃ」

「呑気にコーヒーか」

苦々しい口調で言う正也に、

「おじさんは、コーヒーきらい？　カフェオレにしたらのめる？」

苦々しい口調と表情の理由を、陽はコーヒー嫌いと捉えて、首を傾げ善意でしかない様子で聞いてくる。

感情の行先をバッキバキに折られた正也は、

「いや、嫌いじゃない」

うっかり返してしまう。それに陽は、再び笑顔を見せると、

「ひでとくんのコーヒー、すごくおいしいの！　サイホンでいれるんだよ」

自慢げに言う。その陽の頭を、後藤は軽く撫で、

「秀人に、親父さんが来たから、一人分増やしてくれと言ってきてくれんか？」

そう頼む。

「はーい」

陽は明るく返事をすると、キッチンへと向かう。

その姿がキッチンに消えると、

「坊主がいる前では、声を荒げんでくれ。あの子を怖がらせても何にもならんじゃろ。……おやつの時間が終わったら、あの子は帰る。話はそのあとでもええじゃろ」

後藤は正也に釘を刺した。

無関係な子供を怖がらせるつもりは正也にもなく、押し黙ったまま、ただ頷いた。

「ひでとくん、ひでとくんのおとうさんがきたよ！」

キッチンに入った陽はすぐさま秀人に報告する。

だが、玄関でのやりとりは秀人にも聞こえていて、

「そうみたいだね」

できるだけ、感情が出ないように控えめに言ってから、

「僕も陽くんと一緒にカフェオレにしようかな」

陽に微笑みながら続けた。

そもそも少し多めに作っているし、自分もカフェオレにして、全員の量を少しずつ調節すれば、増えた分もカバーできるはずだ。

「ひでとくんと、おそろい」

そんなささやかなことも、陽は嬉しそうに言う。

正也が来たことで少し波立っていた秀人の気持ちは、和いだ。

コーヒーを分配しているうちに居間へ正也を連れて後藤が戻り、倉橋が大人な挨拶をそつなくする中、秀人は陽と一緒にコーヒーを運んだ。

こうして久しぶりの親子対面となったわけだが、当然、空気は硬い。

後藤は黙っているし、倉橋も様子を窺っている。そして、秀人と正也に関しては一触即発といった状況だ。

緊張感しかない。

だが、その中で陽だけは違った。その空気に気づかず――いや、いつもの陽なら気づくのだが『第二の兄貴分である秀人のお父さんが来た』ということで、テンションが爆上がりでまったく気づいていなかった。

嬉々とした様子で持参したクッキー缶を開け、

「えっとね、これがココアで、これがココナッツ、こっちはチョコチップがはいってて、これはプレーンでしょ、あと、このうずまきのはバターおおめなんだって」

一つずつ、紹介する。

「相変わらず売り物みたいなクッキーじゃな。どれ、ココアをもらうか」

後藤が手を伸ばし一つ手に取ると、倉橋、秀人、と続けざまに取る。その中、クッキーに目も向けず秀人を睨み付けていた正也に、

「おじさんは、どれたべる？」

にこにこしながら、陽はクッキー缶を正也のほうへと押しやった。

「え？」

「クッキーどうぞ。きゃらさんが、てしまのおばあちゃんところの、おかしきょうしつでつくっ

たの。てしまのおばあちゃんは、おかしつくるのものすごくじょうずで、きゃらさん、ならいにいってるの」

正直、正也は呑気にクッキーを食べるような気分ではない。

しかし、陽は断られることなど微塵《みじん》も想定していない様子だし、後藤に陽を怖がらせるなと玄関で言われたばかりだ。

それでも躊躇《ちゆうちよ》していると、

「ボクのおすすめは、チョコチップなの」

と、チョコチップクッキーを指さしてくる。

ここまで言われては受け取らないわけにはいかず、

「そうか、では」

チョコチップクッキーを指先でつまんで取り、口に運ぶ。

手作りというのでさほど期待はしていなかったが、口の中でほろりと砕ける触感がよく、チョコチップと聞いて甘ったるいのではないかと思ったが、チョコレートも甘すぎず、絶妙だった。

「おいしい?」

期待のこもった声で問われ、正也は頷いた。

「ああ」

「でしょ! ケーキもおいしいし、パイとか、タルトとかもすごくおいしいの。もっとたくさんたべて！」

相変わらずにこにこしながら言う。

「手嶋さんのお菓子は、確かにプロ並みだからね」

倉橋が言うのに、秀人も頷いた。

「パウンドケーキ、いただいたんだけど、すごくおいしかった」

秀人がサイフォンでコーヒーを淹れると聞いた手嶋が、パウンドケーキを焼いて伽羅と一緒に持ってきてくれたのだ。

もちろん、そのまま家に上がってもらい、秀人はコーヒーを振る舞った。

紅茶に合わせる時よりも、バターの量を増やして焼いたのだと言っていたそのケーキは、しっとりと重めの味で、確かにこれだと紅茶の風味を消してしまうかもしれないなと思えるものだった。

だが、コーヒーと合わせると、見事なくらいにマッチして感動した。

「あきにたべた、かきのはいったパウンドケーキもおいしかったよ」

陽のお菓子トークは留まるところを知らず、正也以外は全員が、相槌《あいづち》を打ったり、和菓子の話に脱線したりしておやつの時間を過ごす。

正直、陽がいることで秀人は気持ちを整える時間稼ぎができたのを、喜んでいた。

全員がコーヒーを飲み終え、話が一段落したタイミングで、

「陽くん、俺、これから出勤だから診療所まで送っていくよ」

倉橋が言いながら立ち上がる。

それに陽も「うん」と返事をして立ち上がると、

「おじいちゃん、ひでとくん、おじさん、さよなら」

ぺこりと頭を下げて挨拶し、それから小さく手を振る。

「玄関まで見送るよ」

秀人も立ち上がる。

一旦、部屋を出てリセットしたかったからだ。

玄関まで二人と一緒に来た秀人に、靴を履いた陽は、

「こんどのとうこうび、ひでとくんもいっしょだから、たのしみ」

本当に嬉しそうに言う。

「俺も楽しみにしてるよ」

そう言う秀人に、

「俺も仕事の休みが合えば一度参加してみたいな」

倉橋はそう言うと、唇の動きだけで『頑張って』と伝えてきた。

この後の修羅場を想定してのことだろう。

それに苦笑いを浮かべてから、

「じゃあ、倉橋さん気を付けて。陽くん、またね」

二人を送り出した。そして玄関の戸が閉まると、秀人は小さく息を吐き、居間へと戻った。

陽がいた時の、緊張感がありつつも、それなりにほんわかした空気だった居間はすっかり重苦しい空気が立ち込めていた。

「待たせてごめん」

とりあえず秀人はそう謝ってから、さっき座っていたのと同じ場所に腰を下ろした。

その瞬間、

「おまえは一体、何を考えてる！」

正也が怒鳴りつけた。

「……何をって、どういう意味？」

返しながら心臓がヒュッと縮こまるような感覚がした。

「どういう意味、だと？　こんな馬鹿な真似をしでかした理由を聞いてるんだ！　おまえは、自分が何を捨てたのか分かってるのか！　一体何人がおまえのいたポジションをうらやんでいるか分からないのか！　あのままいれば何の心配もなく安泰でいられただろう！　それを……っ！」

——ああ、嫌だ。

秀人は奥歯を噛みしめる。

いつだって、一方的に怒鳴りつけてくる。

言い返したいのに、喉で言葉が詰まって、出てこない。

「何の相談もなく、仕事を辞めて！　なんらかの算段があるのかと思えば、何もなく、こんなところに都落ちして」

「その『こんなところ』でおまえさんは育ったわけじゃがな」

後藤が鼻で笑う。それに正也は後藤にキツい視線を向けたが、後藤は気にした様子もない。

正也は視線を後藤からそらすと、もう一度秀人を見た。

「とにかく、さっさと東京《とうきょう》に戻ってきて、再就職しろ。まだ問題になるほどのブランクじゃない。今なら取り返しがきく」

怒鳴りこそしないものの、高圧的な口調で命じてくる。

だが、それに秀人は頭を横に振った。

「まだ、東京に戻るつもりはないよ」

ギリギリ、声を震わせることなく、言う。

「なら、いつ戻るつもりだ…！」

すぐ詰めてくる正也に
「……分からない」

秀人は迷わず、言った。

「ふざけるな！」

返ってきたのは怒声だ。正也の腰が浮き、あ、殴られるな、と秀人は覚悟したが、その瞬間、後藤が柏手を一つ打った。

パン、と乾いた音が響く。

その音に、秀人と正也の視線が後藤へと向かった。

「正也、連絡もせんと急に来て、一方的に答えだけを求めても無理じゃいうことくらいは分かっとるじゃろ」

「親父は何も分かってない！　こいつがしたことが、一体どういうことか！　秀人を甘やかさないでくれ！　このままずるずる落伍者《らくごしゃ》になるのを見過ごせるはずがないだろう！」

怒鳴りつけてくる正也に、後藤が口を開こうとしたが、

「…冷静じゃない今の父さんには、何を言っても理解できない。自分が求める以外の答えは、答えとして受け取ろうとしない」

秀人が静かに返した。

一瞬の静寂のあと、秀人は立ち上がると、出てくる、と言って玄関へと向かう。正也はすぐそれを追いかけようとしたが、

「しばらく一人にしてやれ」

後藤がそう言って止めた。

正也は立ち上がりかけた体を、収まりが悪そうに座り直し、深く息を吐いた。

「どうして秀人に、すぐ東京に戻れと言ってくれなかった……」

怒気を孕《はら》んだ声で、聞いた。

後藤は、軽く目を閉じ、首を左右に動かしてから、

「……ここに来た時の、暑さも寒さも分からんような顔をした秀人を見とったら、とてもじゃないがそんなことは言えんかった」

そう言ってため息をつく。

何をしたいのかも分からず途方に暮れて、ただ、淡々と一日のルーティンを繰り返す。

そうすることで、とりあえずの安定を保とうとしているように見えた。

でなければ、崩れ落ちてしまいそうなほど、土台がグラグラなのが分かった。

身内だからこそ、触れてはいけない部分がある。

事情を知らない者が言うよりも、深い場所に触れてしまうから。

だから、見守ることしかできなかった。

だがそんなことも、今の正也には理解できないだろう。

秀人が乗っていたのは、一生安泰の、出世コースともいうべきものだった。

その分、激務ではあるが、若さで乗り切れる——いや、乗り切ることで得られる対価を考えれば、無理をしても乗り切るべきだと思えるほどの。

秀人がそんなことを分からないはずがない。

それでも、飛び出してきたのだ。

堪え難い何かがあったのだとそれだけで察せた。

後藤の言葉に、正也は押し黙ったままだった。

その正也に後藤は聞いた。

「とんぼ返りするつもりで来たわけじゃないじゃろ」

「……ああ。十日ほどいるつもりだ」

「十日もか？　そんなに会社を休んでもええんか？」

思った以上の長期滞在に後藤は驚く。

「五月の連休の間、出社してたからな。その時の分と有給の消化を兼ねて休みをもらった」

説明されて納得した後藤は、

「それじゃ、客間を準備するか……おまえの泊まる場所じゃ。来て手伝え」

そう言って立ち上がる。

その言葉に正也は怪訝な表情を見せた。

「客間？　二階に俺の部屋があるだろう」

かつての自分の部屋があるはずだ。

八畳の二間続きで、片方は寝室、片方は勉強部屋として使っていた。

「おまえ、もう何年来とらんと思っとる。子供部屋がそのまま残っとるわけないじゃろ」

笑って後藤は言う。

「は？」

「片っぽは倉橋さんが使うとるし、もう片っぽは秀人が使うとる」

あっさり言われて、正也は返す言葉が見つけられなかった。

昔の面影がそこかしこにあるものの、一階の部屋は間取りもいじってバリアフリーにリフォームされていた。

だから、自分の記憶の中の家とは違っていたが、後藤が暮らすには必要なリフォームだということもわかっているから、特に思うところはなかった。

だが、まさか自分の部屋がなくなっているとは思わなかった。

いや、実際には「ある」のだが、自分の権利が消滅しているとは考えていなかった。

「ほれ、さっさと来て自分の寝床づくりを手伝え」

後藤はそう言うと、居間を出ていく。

何とも言えない気持ちで、正也はそのあとを追った。

4

家を出てきたものの、秀人に特に行く当てがあるわけではなかった。

行く当てはなくとも、することがないわけではない。

秀人は自治会長の家に行き、彼が預かってくれているレンタルハウスのカギを受け取ると、点検作業をすることにした。

――いざとなったら、レンタルハウスで寝ればいいか。

宿泊可能にしてあるので、布団類も一式ある。この時季なら、寒いということもないから十分だろう。

そんなことを考えながら秀人はレンタルハウスを見回った。

定期的に風を通し、水回りなどの点検をするのも秀人の仕事だ。

週末の利用率は決して悪くない。親子連れが来たときなどは集落が少し賑やかになる。

――平日利用ももう少し増えればいいんだけど……。インターネット環境が整ってたら企業のセミナーとか…ううん、むしろそっちより、デジタルデトックス的な感じをアピールしていったほうがいいかな。

ここにいる間、事務的な仕事が苦手な孝太の手伝い、という形で関わるだけだったはずなのに、気が付けば結構深みにはまっている気がしないでもない。

それでも、利用者からよかったと感想をもらえれば嬉しい。

家の持ち主にも、もろもろの経費を引いたあとの取り分を、少額ではあるが送ることもできるようになった。彼らは、

『帰ることも難しいじゃろし、あのまま朽《く》ちてくんじゃろか思うてたから、使ってくれる人がおるだけで嬉しいのに、お金までもろうてしもて』

と、言って喜んでくれている。

そんな声を聞くと、もっと何か、と思ってしまうのだが、利用客が多くなって、集落の空気が急に変わるのは、今の住民たちにとってはありがたくないことかもしれないとも思う。

——そのあたりは、孝太くんと、自治会長さんと相談かなぁ……。

そう思いつつ、三軒目に向かった時だった。

三軒目の家の前には見慣れたスクーターが停まっていた。孝太のものである。

「孝太くん、来てるの？」

秀人が声をかけながら家に上がると、和室のほうから「ここっス」と返事があった。

声のした部屋に向かうと、孝太は二間続きの部屋を隔てる襖を外して、カンナをかけていた。

「どこか傷んでた？」

先週末、女子会で訪れたグループが使ったあとの点検では特に傷んだ個所はなかったはずだ。

それとも見落としていたのだろうかと思っていると、

「傷んでたわけじゃないっスよ。年数経つと、屋根の重みで歪みがでちゃうんで、どうしても襖の動きが悪くなるんスよ。動かないってわけじゃないけど、やっぱ地味にストレスになるから、気持ちちょっとだけ、削ってるんス」

説明しながら、作業場で使っているものより小ぶりなカンナでシャッシャと削っていく。

「そうだったんだ。そういえば、引っかかるような感じはあったね」

「やっぱ、使ってもらうなら、気持ちよく使ってもらいたいっスしね……よっし、できた」

孝太は言うと、削りかすを払い落とす。

外した襖を嵌めなおして、動きを確認すると、襖は軽く動いた。

「うん、いい感じ。我ながら上出来」

「さすが孝太くん」

秀人が褒めると、

「もっと褒めて！　俺、褒められて伸びるタイプだから！」

そう言って孝太は笑ってから、

「あ、秀人くん、今夜時間あるっスか？」

不意に聞いてきた。

「あるよ。どうかした？」

レンタルハウスの関係で何かあったのだろうかと思って聞いてみたが、

「何かあったわけじゃなくて、ツリーハウスに飲みに来ないかと思って。関《せき》さんが猪肉もらったから、それつまみに飲むかーって話になってて」

普通に飲みの誘いだった。

誘われるのは初めてではなく、誰かがとっておきの酒を手に入れた、だとか、お取り寄せでおいしいものが届いたとか、珍しいものが手に入ったとか、そういった時には秀人にも声をかけてくれる。

最初の頃は遠慮することもあったが、お正月あたりからは用事が入っていない限りは参加するようになった。

遠慮していた理由は、ここに長居することになるとは思っていなかったし、そこまで親しくなるつもりもなかったからだ。

それに、仕事を辞めた理由や、元職についてなどをいろいろ詮索されたら面倒だと思ったこともある。

だが、それは杞憂《きゆう》だった。

そういったことに興味がないのか、それとも後藤が事前に、聞かないでやってくれとでも言ってくれたのかは分からないが、特に東京での暮らしについて聞かれたことはない。

そのせいか、秀人の警戒心は和らぎ——というよりも、すぐにやってきた雪シーズン中、孝太の雪かきの相棒としてたびたび駆り出されて、警戒など吹っ飛んだ。

「猪って食べたことないけど、孝太くんは食べたことある？」

「何度かあるっスよ。ちょっとクセはあるけど、おいしくて、めっちゃ酒が進むっス」

「じゃあ、お邪魔しようかな」

秀人はそう返事をしてから、

「孝太くんはこのまま作業場へ帰るの？」

このあとの孝太の予定を聞いてみた。

「いや、一通り、見回りしてから帰ろうと思ってたっス」

「そうなんだ。あ、俺、赤木《あかぎ》さんちと志賀《しが》さんちは見てきたよ」

「ありがたいっス。じゃあ、そこ以外のとこ、風通しに行くっスね」

気のいい笑顔で返してきた孝太に、

「じゃあ、俺もついてくよ。それで、そのまま、佐々木さんちにお邪魔したいけどいい？　必然、晩ご飯もお世話になっちゃうんだけど」

秀人はお伺いを立てた。それに孝太は、ちょっと意外そうな顔をして、

「全然いいけど……、後藤のじいちゃんはいいんスか？」

「うん。連絡しとけば、平気」

「もしかして、じいちゃんとバトった？」

珍しいこともあるもんだ、とでもいうような様子で聞いてきた。

「ううん、おじいちゃんとじゃなくて……父親が来て、そっちと」

秀人が言うと、

「あちゃー、そっちかぁ……」

察し、といった様子で言ってから、

「まあ、冷却期間は必要っスよ、お互いに。……飲みのあとも、そのまま泊まれば？」

気軽に泊まりに誘う。

「じゃあ、お言葉に甘えてそうしようかな」

「全然オッケー。じゃあ、ここ、片して、次行こっか」

孝太はそう言うと立ち上がり、木くずが広がらないように広げていた新聞紙を畳み始める。それを見て、

「じゃあ、俺は窓閉めてくる」

秀人は孝太が風通しのために開けていた窓を閉めに、他の部屋に向かった。

◆◇◆

「くらはしせんせい、ありがとう。おしごとがんばってね」

診療所の前まで送ってくれた倉橋に、陽は礼を言う。

「ありがとう。じゃあ、行ってきます」

陽を車から降ろした――淡雪《あわゆき》のチャイルドシートはギリギリ、陽も座ることができるサイズのものだった――倉橋は、そう言いながら車に乗り込んだ。

そして、中から陽に軽く手を振り、車をスタートさせた。

遠ざかる倉橋の車が見えなくなるまで陽は見送ってから、診療所に入った。

「こはくさま、りょうせいさん、ただいまー」

涼聖が往診から戻っているのは、診療所前に涼聖の車が駐まっていたので、分かっていた。

陽はただいまの挨拶をしながら、迷いなく、奥にあるいつもご飯を食べる台所と続き間の部屋に向かった。

そこでは涼聖と琥珀がお茶を飲みながらしゃべっていた。

「陽、戻ったか」

「うん、こはくさま、りょうせいさん、ただいま。りょうせいさん、おうしん、おつかれさま」

「ありがとう。陽はもう散歩は終わりか？」

涼聖が問うと、

「えっとね、もうちょっとだけ、またおさんぽいくよ。ごじまで、もうすこしあるでしょう？」

陽は時計を指さして言う。

時計の針は四時を少し回ったところだ。

陽のお散歩は夕方五時までと決まっている。夏などはまだまだ明るい時間だが、子供の門限としては適当な時間だ。

「陽は元気だな。今は、どこへ散歩に行ってたんだ？」

「ごとうのおじいちゃんのおうちにいってたの。きゃらさんが、てしまのおばあちゃんのおかしきょうしつで、きょうはクッキーつくったの。それをもってあそびにいったの。そしたら、ひでとくんのおとうさんがきたよ！」

説明ついでに陽は笑顔で報告する。

だが、その報告に涼聖は戦慄《せんりつ》を覚えた。

秀人の父親とは面識がある。

後藤が腹部大動脈瘤の破裂で緊急手術を受けて入院をした際に、東京から駆けつけてきた。

その際の横柄な態度は忘れられるものではない。

手術翌日のまだまだ回復途上の後藤に、

『これで老人の一人暮らしの怖さが分かっただろう』

と言い放ったのだ。

そんな彼が今回来たのは後藤を心配してではなく、秀人に会うためだろう。

——あの調子で、秀人くんのことも問い詰めに来たんだろうな……。

涼聖がそう考えた時、

「そうか、後藤殿は久しぶりに息子と会えて喜んでいただろう」

琥珀がさりげなく陽に聞いた。

「えっとね、びっくりしてた」

「びっくり？　ってことは、何も言わずに来たのか？」

と問う涼聖に、陽は首を傾げた。

「うーん……わかんないけど、たぶん。ひでとくんも、びっくりしてたみたい」

考えてから言った陽は、

「でもね、ひでとくんのコーヒーをみんなでいっしょにのんで、それから、きゃらさんのクッキーもたべたの。おいしいっていってたよ！」

にこにこしながら報告する。

その様子から、少なくとも陽がいる時はバトルにはならなかったことだけは分かる。

今は修羅場中かもしれないが。

「そうか、伽羅殿のクッキーを皆で食べたのか」

「うん！　こはくさまと、りょうせいさんと、シロちゃんのぶんは、きゃらさんがおうちにもってかえるって。おいしかったから、ぜったいたべてね！」

『おいしいものは、みんなで』が基本の陽らしい言葉に、琥珀が頷き、そのまましばらく陽の今日の散歩の報告を聞いていると、診療所のウィンドウベルが鳴って人が入ってくる気配がした。

「あ、だれかきた」

「五時からの患者さんだな。もう受付時間だから」

時計は四時半を指していた。

五時からの診療だが、受付は四時半から始まるのだ。

「では、私は仕事に戻ろう。陽、またあとでな」

琥珀はそう言うと、奥の部屋を出て待合室の受付へと向かう。

涼聖も往診のカルテをしまいに行くために立ち上がると、陽も自然と立ち上がり、涼聖と一緒に待合室のほうに向かった。

涼聖はそのまま琥珀と同じ受付に入り、後ろの棚にカルテをしまっていく。

陽は待合室に徐々に集まってくる患者——体調がすぐれない、という患者もいるが、大体は高血圧などの持病の経過観察に来る患者だ——のもとに向かう。どうやら、散歩の続きに出るのはやめたらしい。

集落のみんなから、孫、ひ孫のように思われている陽が現れると、患者たちは顔をほころばせる。

「おじいちゃん、こんにちは。きょうは、どうしたの？」

一番乗りで来た患者が待合室のソファーに腰を下ろすと、陽がご機嫌伺いの声をかける。

「今日は血圧の薬をもらいに来たんじゃ」

「ほかに、いたいところとかないの？」

「ああ、大丈夫じゃ」

「よかった」

患者の言葉に陽は安心したように微笑む。

「陽ちゃんは、本当に優しいわねえ」

その斜め前に、別の患者が腰を下ろしながら言う。

「おばあちゃんは、きょうは？」

「おばあちゃんも一緒。血圧のお薬をもらいに来たのよ」

その声にやっぱり陽は「よかった」と言って微笑む。

そんな様子を見る二人も、他の患者たちも、それだけで癒《いや》されているらしいのが表情から分かる。

「陽ちゃん、今日はどこにお散歩してきたの？」

次々にやってくる患者のうちの一人が聞いた。

陽は散歩が大好きだ。

毎日、集落の中をあちこち散歩して回っている。その途中で、住民からお茶に誘われて休憩することもたびたびだが、住民たちも、陽が来るのを楽しみにしていた。

「きょうはね、おひるごはんまでは、やまのほうにいったの」

陽は今日の散歩コースについて詳細に話し始める。

どのあたりにどんな花が咲いていていて、どんな様子だったかなど、驚くほど詳細だ。

それを楽し気にみんな聞き入る。

「おひるごはんのあとは、きゃらさんがてしまのおばあちゃんのおかしきょうしつだったから、てしまのおばあちゃんのおうちにいって、ふたりがやいたクッキーをもらって、ごとうのおじいちゃんのところにいったの」

そこまで言ってから、陽は、あっ、と思いだした顔になった。

「それでね、それでね！」

興奮した様子を見せると、

「ひでとくんのおとうさんがきたんだよ！」

今日一番の報告事、といった様子で告げた。

それを聞いていた患者たちは一瞬、え？　という顔をしたが、すぐに、

「あらー、正也くんじゃね。ずいぶん久しぶりじゃわ」

「もう何年振りじゃろねぇ」

陽の様子に合わせるように、返してくる。

クッキーを食べながらコーヒーを飲んだことまで話して聞かせ、

「それでね、くらはしせんせいにおくるまでおくってもらってかえってきたの」

今日一日の物語は終了する。

「そうか、そうか。陽坊は今日も元気じゃったか」

そう言って頭を撫でられ、陽は、うん、といい顔で返事をする。

話が一段落して少しすると、別の患者が、

「陽坊、こっちでリバーシせんか」

と声をかけてきて、陽はそちらへと向かった。

すると、正也がやってきたことを聞いた住民が、陽には聞こえない声で、

「秀人くん、大丈夫かしらねぇ……」

「ねぇ…。無理にってことにならんじゃったらええけどねぇ」

ひそやかな声で、秀人の心配をしあう。

秀人の詳しい事情は分からないものの、彼がいい大学を出てそのままどこかいいところに就職した、というのは、秀人が来る以前から集落では伝わっていた話だ。

その秀人が仕事を辞めて集落に来た時点で、少なくとも「何かあった」ことだけは住民たちも理解している。

そして順調に集落に馴染んでいる様子を見ても、東京へ積極的に帰りたいという気持ちではないのだろうというあたりまでは——本人に聞いたことはなくとも、推測できた。

正也が来たのは、そんな秀人の様子に焦れて、連れ戻すつもりなのだろうということは簡単に分かる。

おそらくひと悶着あるだろう。

「他人様の家のことじゃから何とも言えんけど、正也くんは気ぃが強いからねぇ」

「秀人くんは優しい子だし……ねぇ…」

そんな心配する言葉を、琥珀と涼聖は、それぞれカルテ整理などをしながら、黙って聞いていた。

◆◇◆

久しぶりに戻った実家は、あちらこちらがリフォームされていて、正也の記憶にある実家とはかなり変わっていた。

実家に最後に来たのは母親が死んだ時だ。

後藤が入院した時は病院に説明を聞きに行き、とんぼ返りをしたので家には立ち寄らなかった。

入院に必要なものはもう、近所の住民によって病院に運ばれていたからだ。

それ以前から東京に呼びよせるつもりをしていたが、後藤は渋っていた。そして退院後、バリアフリーにリフォームして集落に住み続けると言ったときは、好きにしろ、と返して、それきり連絡を取らなかった。

帰ってきてみれば、なんとも住みやすくリフォームされていて、風呂も、以前はタイル張りで寒々しかったのが、今は新式の暖かで快適な風呂場になっていた。

その風呂から上がり、居間に入ると、先に風呂を終えていた後藤がテレビを見ていた。

壁の時計に目をやると九時を過ぎていた。

「秀人は戻ったのか」

「いいや」

「どこをほっつき歩いてるんだ、あいつは……！」

話をしなくてはならないのに、逃げだしたまま、夕食にも帰ってこなかった。

それを後藤が心配している様子がないのも、気に障る。

「おまえが風呂に入っとる間に、ツリーハウスの飲み会に誘われた、て携帯電話にメッセージが来とったから、そのまんま泊まるかもしれんな」

正也の苛立ちなど意に介さず、後藤はさらりと言う。

だが、その言葉の中に引っかかる単語があった。

「ツリーハウス？」

聞き間違いでなければ、そう言ったはずだ。

正也の脳裏には、子供の憧れともいうべきツリーハウスの愛らしい光景が浮かんでいるが、続いた単語は「飲み会」だった。

ツリーハウスと、飲み会。

どう考えても、不釣り合いな言葉だと思う。

「貞《さだ》さん……佐々木のじいさんとこの庭にあってな。工務店の関のじいさんやらが集まって、どんちゃんやっとる大人サイズのツリーハウスじゃ。わしも秀人も、時々誘われて飲みに行っとるし、秀人と似た歳の貞さんの弟子がおるから、楽しくやっとるじゃろ。心配せんでええ」

後藤が説明するのに、

「心配しているわけじゃない！　あいつは自分の立場が分かってるのか！」

正也は声を荒げた。

狭い倍率を潜り抜けてせっかく入省した省庁を、何の相談もなくあっさり辞め、田舎で隠遁生活だ。

これからの人生設計を考えれば、まったくあり得ない行動である。

そんな正也の苛立ちを、

「落ち着け。血圧に悪いぞ。そろそろ健康診断で血圧が引っ掛かる歳じゃろ」

後藤は軽く受け流す。

その様子にも苛立つ正也だったが、違和感も覚えていた。

以前の後藤だったら、正也の言葉に、もっと声を荒げて返してきて、売り言葉に買い言葉そのままの激しい言い合いになったところだ。

だが、そうならないのは、後藤がやはり老いたせいだろうかと思う。

秀人に帰れと言わなかったのも、老いからくる寂しさでそばに置きたかったからではないのか、とそう思えた。

「……親父は、東京に来るつもりはないのか」

もし、寂しさがあるのなら、後藤を連れて東京に戻ればいい。

そうすれば秀人も戻らざるを得ないだろう。

そんな打算もありつつ聞いたが、

「行くつもりがあったら、金かけてバリアフリーに改装しとらん」

後藤はそう言って笑い飛ばした。

確かにそうだろうとは思う。

だが、この前のようなことがないとは限らないのだ。

「ここで何かあったら、大きな病院に搬送されるまで時間がかかりすぎる。……この前は、たまたま運がよかっただけだ」

大動脈瘤が破裂した直後に人がやってきて、すぐに気づいてもらえた上、医師が居合わせて救急車に同乗し、そのまま執刀までしてくれたらしい。

街の総合病院ではその日、執刀できる医師が他の手術中だったのだ。

居合わせたという医師がいなければ、後藤は命を落としていただろう。

他の病院に搬送し直すと言っても、この田舎では時間がかかりすぎるのだ。

だが、都会は違う。ここよりはそういった事態に対応しやすいはずだ。

それでも、後藤は、

「そう、運がよかったなぁ。その強運で、今じゃ救命救急のエキスパートが同居人じゃ。これ以上を望んだら罰が当たる」

やはり笑って言うだけだ。そして、その言葉の中に、また引っかかるものがあった。

「同居人？」

「ああ。ほれ、陽坊と一緒に出かけてった人がおったじゃろ」

後藤の説明に、正也は頷いたが、

「あの人、医者だったのか」

初耳で困惑した。その様子に、後藤は首を傾げる。

「言うとらんかったか？　街の総合病院に勤めとってな。じじいの一人暮らしで、空き部屋があるからどうじゃて誘うたんじゃ。まさか秀人も来るとは思わんかったがなぁ」

笑う後藤の言葉で自分のかつての部屋がなくなった経緯を正也は理解した。

「まあ、先生は今は裏の家を買うて、出勤が夜中になるときと戻るのが夜中になるときは、わしらを起こさんようにそっちに帰るが、半分以上こっちじゃな」

しれっと説明した後藤は、新情報とそれによりもたらされた感情を持て余したような顔をしている正也を、特に気にすることなく、テレビに目を戻す。

「話しとる間にずいぶん進んだな。巻き戻すか」

どうやら録画だったらしく、後藤は慣れた様子でリモコンを操作し、少し巻き戻して見直し始める。

正也は話を続けることも、客間に戻ることもできず、とりあえず座って、後藤と一緒に録画されていたその番組を見るしかなかった。

◆◇◆

その頃、涼聖たちも診療所を終えて家に戻ってきていた。

「おかえりなさーい」

玄関前で車が止まる音を聞きつけて迎えに出てきた割烹着《かっぽうぎ》姿の伽羅が笑顔で三人を出迎えるのに続いて、

「おかりなさいませ、こはくどの、りょうせいどの、はるどの」

シロが迎える。

「ただいまー、きゃらさん、シロちゃん」

陽が笑顔で言うのに、琥珀と涼聖も、ただいま、と続ける。

「陽ちゃん、今日は診療所でお風呂すませてきたんですよねー？」

伽羅が問うと、陽は、うん、と頷いた。

今日は六時半を回った頃から患者が増え、いつもより帰りが遅くなるのが分かったので、診療所にある風呂に陽を入れたのだ。

診療所はもともと民家だったところを改装したので、風呂も残っていて、今日のように帰るのが遅くなる時は、家に戻ったらすぐに眠れるように陽の入浴をすませて帰ることにしていた。

「じゃあ、歯を磨いたら寝ましょうか。シロちゃんもお風呂すんでますから」

シロはいつも陽と一緒に風呂に入るので、シロも風呂をすませて陽の帰りを待つ。なお、シロの風呂は洗面器である。

「じゃあ、はみがきしてくる。シロちゃんまっててて！」

陽はそう言うと、洗面所へと一目散だ。

「お二人も荷物置いて手を洗ってきてください。その間に、温めが必要なものすませておきますから」

現在香坂家の家事を取り仕切っている伽羅は段取りよくそう言う。

七尾というわりと高位にいる稲荷神のはずで、ここにやってきた当初は結構居丈高なところがあったが、今ではすっかり主夫である。

ありがたいことこの上ないが。

涼聖が部屋に荷物を置いて洗面所に向かうと、陽が洗面台の前で踏み台に乗り、丁寧に歯を磨いていた。

「横からちょっと割り込むぞー」

涼聖は言いながら、陽の横から腕を伸ばして手を洗う。

「琥珀はもう来たか？」

「うん、さっき」

「奥歯の後ろまでちゃんと磨けよ。虫歯になるからな」

涼聖が言うと、陽は、うん、といい子で頷く。

陽の虫歯だけは、涼聖は気を付けている。

病気や怪我は基本的に涼聖が診てやれるが、歯だけは無理だ。

歯科医に連れていくようなことになれば、保険証がないので、いろいろ面倒なことになるからである。

もちろん、そういう状況になれば、お稲荷様業界のほうで何らかの手立てがあるのかもしれないのでそこまで心配しなくてもいいのかもと思うが、歯磨きの習慣があって困ることもないだろうと、きちんとさせている。

陽の歯磨きがもう終わりそうだったので、磨き終えるまで待ち、綺麗に磨けているか確認してから、一緒に洗面所を出て居間に向かった。

居間のちゃぶ台には夕食の準備があらかた調えられていて、琥珀が先に定位置に座っていた。

「おまたせしましたー、お味噌汁と煮魚でーす」

温め直した料理を持ってきた伽羅は、それらをちゃぶ台の上に手際よく並べる。

「今日は以上です。陽ちゃん、ちゃんと歯磨きできましたかー？」

確認する伽羅に、

「うん。りょうせいさんに、さいご、みてもらったよ。ね？」

陽はそう言うと、視線を涼聖へと向ける。

「ああ。合格だ」

「そうですかー。じゃあ、陽ちゃんパジャマに着替えて寝ましょうか」

そう言って伽羅は陽を子供部屋へと誘導する。

「うん。こはくさま、りょうせいさん、おやすみなさい」

きちんと挨拶をする陽に、二人は「おやすみ」と返し、伽羅と一緒に部屋に入るのを見届けてから、食事を始めた。

今日の夕食は、さっき伽羅が運んできた味噌汁と煮魚——ブリだ——以外に、カブと水菜とチーズを塩昆布で和えたサラダ、それからご飯である。

診療所がある日はどうしても夕食が遅くなるので、量も品数も、やや控えめだ。涼聖がそう頼んだからである。

それを食べながら、涼聖は気になっていたことを口にした。

「陽が、秀人くんの親父さんが来たって言ってただろう？」

「ああ」

「後藤さんが手術を受けたあと、その人が奥さんと駆けつけてきて、その時に会ったんだけど……横暴っていうか」

親子関係というのはいろいろとあると思う。

だから、一概にどうこう言うことはできないのだが、命が助かったとはいえあの状況でそういう態度を取るのか？　と憤りを感じた。

もちろん、そういう態度を取らざるを得ない、他人には分からない親子間の歴史というか関係の積み重ねはあるだろうと思う。

どうこう言えるほど、涼聖は後藤のことも知らないし、その息子のこととなるとなおさらだ。

だが、それでも、あの状況で？　と思わずにはいられない。

その人物が来ているという。

診療所での患者たちのうわさ話を聞いても、秀人のことを心配している様子だったから、危惧《きぐ》すべき存在、という認識らしいと推測できた。

「私も、少し気にかかったゆえ、祭神殿に聞いてみたが、祭神殿からは『大事ない』と返事があった」

どうやら琥珀も気になっていたらしく、そう返してきた。

「そうなのか」

「ああ。とりあえず、あの時点では剣呑《けんのん》なことになっておらぬようだったな。まあ、何かあっても祭神殿が見守られるだろう」

その返事に、涼聖は少しほっとする。

涼聖から見た秀人は穏やかな気質の青年で、あの父親と対抗するには難しいように思えた。もしかすると、父親に対しての初めての反抗が今回の諸々かもしれない。

「秀人くんは、これからどうするのが一番いいんだろうな……」

うわさで聞く経歴を考えると、このまま集落にいるのは惜しい人材のように思える。

もちろんこの集落にいるのが悪いというわけではない。

ただ、都会にいたほうが持っているスキルを十分に活かせると思うのだ。

とはいえ、都会には人材が多いからこそ、この集落に残って秀人の持っているスキルを活かしてほしいとも思う。

「……本人から、どうすればよいのかと問われでもしていれば、導くこともできるが、何も問われていない以上、手出しはできぬゆえ分からぬが……そのあたりも祭神殿の範疇《はんちゅう》だ」

琥珀が返すのに、

「祭神さんは、いろんなことやってんだな」

涼聖は感心して言った。

祭神とは一度だけ会ったことがある。

琥珀が龍神に力を奪われて倒れた時、心配して駆けつけてきてくれた。

長髪に烏帽子姿の平安貴族のような、そして他の知っている神様たちと同じように見目麗しい青年だった。

「それが、その土地を治めるものの仕事だ。秀人殿の父君にとって祭神殿は産土神《うぶすながみ》であるし、秀人殿はこちらに来て以降、何かと祭神殿の祭事に関わっているゆえ加護を受けておいでだ。双方にいいように見守られるだろう」

「秀人くんが加護を受けるってのは、分かる。確かに神社の掃除手伝ったり、祭りの時の焚き火番やったりとか、いろいろ裏方手伝ってるみたいだから。けど、秀人くんの父親の『ウブスナガミ』ってなんだ？」

聞きなれない言葉に涼聖は首を傾げる。

それに琥珀はちゃぶ台の引き出しからメモとペンを取り出すと、そこに「産土神」と書いた。

「こう書く。その土地で生まれたものを、生まれた瞬間から死ぬまで見守る神のことだ」

「そんな神様がいるのか？　俺にも？」

「日本で生まれたすべての者に、いらっしゃると思っていい」

「そうか……」

そう言ってから、

「それって、引っ越したりしたらどうなるんだ？　俺は生まれたのここじゃないし、秀人くんの親父さんは普段こっちで生活してないだろ？」

湧き起こった疑問を口にする。

「その際でも、変わらぬ。引っ越しなどで縁が切れるようなこともない。さっきも言ったとおり、死ぬまでを見守る。……だが、縁の浅い、深いはできる。離れても産土のことを気に留め、里帰りの際に詣《もう》でる者と、ずっと土地にいても足を運ぶこともない者とでは、こちらとしても繋がり方が違ってくるゆえ」

琥珀はそう言ってから、

「涼聖殿も、里帰りされたら、産土殿のもとに詣でられたほうがいい」

そう助言する。

「今度、里帰りしたらそうする……っていうか、初めて聞いたから、自分の産土神さんっていうのがどこの神社かも分かんねえな」

「専門家に頼む方法もあるし、自分で調べる方法もあるが……」

琥珀がそう言った時、伽羅が陽の部屋から出てきた。

「陽ちゃんとシロちゃん、寝ましたよー」

そう報告して、普段は陽の指定席である琥珀の隣に座布団を置いて座る。

琥珀大好きっ狐《こ》伽羅の、唯一の琥珀の隣満喫タイムである。

「二人で何の話してたんですかー？」

「秀人殿の父君がおいでになった話だ」

伽羅の問いに琥珀が返す。

「へえ？　今になってですかー？」

伽羅の口調からは「今さら？」という様子が感じ取れた。

「なかなか、苛烈《かれつ》な親父さんだから、すぐに様子を見に来るっていうのも、自分が息子に下手に出てるように思えたのかもしれないな」

「あー、プライドの高いタイプですか……。んー？　まあ、頑張ってってとこですね」

伽羅は大して興味がないらしくそう言うにとどめる。

「おまえ、もうちょっと親身にっていうか、なんかないのか？」

「ないですよー。何か頼まれたわけでもないですし」

さっきの琥珀と似たようなことを言う。

「神様世界って、頼まれなきゃ何もしないのか？」

「まあ、そうですね。縁の世界なんで。お札を飾って祀ってくれてるとか、氏子さんだとか、しょっちゅう神社に来てくれるとか、そういう結びつきがあれば気にはかけますけど、そうじゃない相手には別に思い入れはないっていうか。あれです、頼んでない通販は届かないっていうのと似たようなもんだと思ってください」

伽羅の説明に涼聖は脱力した。

「いつもながら、嚙み砕いた説明ありがとな」

「どういたしまして」

「ちなみに、頼めば届くって理解でいいのか？」

「振込代金が釣り合えばってとこです。それまでの努力とか、頑張りとか、人となりであるとか、そういうのが俺たち目線で見て釣り合ってると思えればサポートするんで。努力もしないで願いを叶えろとかは難しいですねー」

至極もっともな返事である。

「そういうもんか」

「あくまでも、俺みたいに、向こうから縁を繫ぎに来てくれないと繫がれないって立場の場合ですけどね。祭神殿なんかは、また違うと思いますよ。後藤さんのところは氏子ですし」

伽羅の見解も琥珀とおおむね同じらしい。

尾の数が違うとはいえ、同じ稲荷神なので当然と言えば当然かもしれないが。

「俺が気を揉んでも仕方ないいってことか」

涼聖が言うのに、

「まあ、涼聖殿が後藤さんちのことを気にかけてるってことだけは、一応認識しときます」

伽羅はそう返し、琥珀はただ微笑んだ。


夕食を終えて先に風呂へ向かった琥珀が出てきてから、涼聖が風呂に向かう。

その頃には伽羅も夕食の後片づけを終えていて、琥珀の髪を乾かすためにドライヤーを持って待機していた。

琥珀は電化製品全般への苦手意識が強く、ドライヤーは見様見真似で自分で乾かそうとして、後ろのファンの部分に髪を巻き込ませた経験から、使いたがらず、涼聖が手伝っていたのだが、伽羅が来てからは伽羅の仕事になっている。

なお、琥珀の髪を守るために、気が付けばケア機能の付いたお高いドライヤーに替わっていた。

「さー、乾かしましょうねー」

伽羅は嬉々とした様子で言いながら、ドライヤーのスイッチを入れ、琥珀の髪を丁寧に乾かし始める。

「やっと二人きりですね」

伽羅が言うのに、琥珀は、

「……人がいなくてはできぬ話があったか？」

真面目に返してくる。

「もー、琥珀殿、男心を理解してくださいよー」

伽羅はそう言うが、すぐに、

「白狐様から正式に、後方支援の依頼が来ました」

涼聖がいてはできなかった話をしてくる。

「そうか」

「はい。多分、俺と同じ場所に支援に行くことになると思いますが、返事は」

「引き受けるとお伝えしてくれ」

以前から打診されていたことではあるが、琥珀の即答に伽羅は戸惑う。

「涼聖殿に相談してからじゃなくていいんですか？」

あくまで後方支援とはいえ、野狐に関わる問題だ。

まったく危険がないわけではない。

もちろん、伽羅が同じ場所に向かう——これは伽羅が条件として白狐に伝えていた——ので、琥珀を危険な目に遭わせるつもりはないが、涼聖にそのあたりのことも含めて一度伝えてからのほうがいいのではないかと思うのだ。

しかし琥珀は、

「涼聖殿が止めても、引き受けるつもりゆえ」

そう言って、やや間を置いてから、

「……涼聖殿とて、意見を聞かれても困るであろう」

短く付け足した。

涼聖ができるだけ、琥珀が神様として属する世界のことについては口出ししないでおこうとしていることは分かっている。

そういった配慮を考えると、結局は涼聖が止めても、自分が引き受けると決めている以上は事前の相談はいたずらに涼聖を苦しめるだけのような気がしたのだ。

「分かりました。白狐様には、そうお伝えします。……でも、涼聖殿にも、早めにちゃんと伝えてくださいよ？」

伽羅は念押しする。

「ああ、時を見て話す」

琥珀は返したが、いつ話せばいいのかと迷う。

涼聖と秀人は、個人的に親しいというわけではない。

陽が暮っているし、倉橋が同居している相手として、関わっているというのが一番近いだろう。

それでも同じ集落に住まう、というだけでも気にかけるのだ。
もし自分が、本宮の作戦の後方支援にとなると、心配しないはずがない。
どこまで、どのように、いつ説明するのが一番いいのか、琥珀は深く考え始めた。

5

翌日、秀人は佐々木家の孝太の部屋で目を覚ました。

起きた瞬間、見慣れない部屋の様子に戸惑ったが、すぐに昨日、泊めてもらったことを思いだした。

帰りたくなくて泊めてもらった――というわけではない。

もともと、泊まれば、と言ってくれていて、それに甘えるつもりではいたが、お開きの時間が早ければ帰るつもりをしていた。

そうしなかったのは単純に、ツリーハウスでの飲み会のお開きが夜の十一時を回っており、そのあとの片づけを孝太だけにさせる――佐々木たちは潰れてツリーハウスで行き倒れ状態で寝てしまっていたので――のは申し訳なくて、手伝っていたら、十二時近くになってしまった。

「秀人くん、ホントにもう、泊まってけば？　パジャマとか、俺の貸すし」

という孝太の言葉に甘えて、孝太の部屋に客間から布団を持ってきてそこに泊めてもらったのだ。

「ごめんね、なんか急に泊めてもらって」

嬉々として布団の準備をしている孝太を手伝いながら言えば、

「何言ってんスか。俺が泊まればっつったんだし、なんか、修学旅行みたいで楽しいじゃないっスか」

浮き浮きした様子で孝太は言う。

それに、ありがとう、と返して借りたパジャマに着替え布団の上へ腰を下ろせば、同じようにパジャマに着替えた孝太は楽しそうな様子で、

「修学旅行っていうと、やっぱ恋バナっスよね」

そう言ってくる。

「恋バナって…孝太くん、彼女いるの？」

正直、集落には歳の近い女性はいない。おそらく一番近い女性で四十代半ばだ。

「もしかして熟女好き…とか？」

「違うっスよ」

「じゃ、遠距離とか？」

「今は独り身っスよ」

「じゃあ、なんで恋バナとかって振ってきたのかな？」

正直謎展開である。

「え、なんか、定番っぽいから。どんな子好みー？　とか、そういうノリで」

とりあえず話がはずめばどんな話題でもいいらしい。

「とりあえず、俺も彼女はいないよ」

「彼女いない歴イコール年齢的な？」

「ううん、大学の時はいた。でも就職して、互いに少しずつ疎遠になって自然消滅。俺は、ちょっと彼女とか作るような余裕もなかったからそのままで、こっちに来た感じ」

「あー、そうなんだ」

「孝太くんは？」

逆に問えば、あっけらかんと、

「こっちに来るときに、別れたっスよ」

短く言った。

「え？　遠距離でフェードアウトって感じじゃなく？」

「じゃないっス。こっちで師匠のとこで修業するって話したら、行くなってギャーギャー言い出して。おまえがついてくりゃいいじゃんって言ったらキレられて、面倒になったんで、別れよっつって別れたんス」

「結構、あっさりだね」

「あっさりっていうか、潮時ってとこに来てたかもとは思うかなー。ケンカも増えてたし」

「それっきり？」

「俺が連絡先とか削除して、ブロックしたら、他のツレ通して連絡とろうとしてきたよ。でも、その時もう、俺、こっちに来てたから、話あるならこっち来いっつったらそれっきり」

「彼女のこと、思いだしたりとかは？」

「見事にないっスね」

即答である。

「うわ、彼女が浮かばれない」

笑って返せば
「だって、こっち、楽しいことといっぱいなんスもん。もうちょい、なんかハートブレイク的なのあるかなーって思ったんスけど、それも皆無で。むしろ、陽ちゃん可愛すぎるっていうか、陽ちゃん、ちょっとしたことでも超喜んでくれるじゃないっスか。あの純粋さに触れると、元カノの末期の横柄な態度っつーか、してもらって当たり前的な態度思い出して、別れて正解！ って思うっスよ」

真顔で孝太は言ってくる。

「確かに、陽くんの純粋さはすごいよね」

「でしょ？ なんか、穢《けが》れが祓われるレベルのピュアさっていうか」

「そのピュアさにうちの父親もやられたみたいだったよ」

秀人が笑って言えば、孝太は少し驚いた顔をした。

「陽ちゃん、親父さんとエンカウントしてたんスか？」

「うん。おやつの時間に陽くんが伽羅さんのクッキーを持ってきてくれてね。それでコーヒー飲もうって時に、父親が来ちゃって……」

「いきなり怒鳴りつけたりとかしなかったんスか？」

「陽くんが、玄関に迎えに出てくれたんだよね。父親も、それで勢い殺《そ》がれたみたい。さすがに陽くんみたいに小さい子のいる前で怒鳴ったりっていうのはためらわれたみたいだし」

「あー…無理っスね。あの、キラッキラした目で見られたら…。それを自分が怒鳴ったりして悲しい顔とか…ムリムリムリムリ、絶対無理っス。心臓もたないくらい罪悪感っスわ」

うっかり陽の悲しい顔を想像したらしく、孝太は心臓のあたりを押さえて前のめりに倒れる。

倒れたままゴロンと寝転がって、座っている秀人を見上げると、

「じゃあ、陽ちゃんが帰ってから修羅場っスか？」

そう聞いてきた。

「修羅場ってほどでもないかな。父親が一方的にキレて怒鳴ってたけど想定内のことしか言われてないし」

「仕事辞めたことっス？」

「うん。どういうつもりだって」

「言い返したんスか？」

聞かれて、秀人は陽が帰ったあとのことを思いだすが、まともに覚えていなかった。

「どうだったんだろ。なんか、怒鳴られたら、真っ白になっちゃって。……昔っからそうなんだよね。頭ごなしに怒鳴られて、怖くて、ろくに言い返せないっていうか。今の父さんには、何を言っても無駄だ、みたいなこと言って、出てきちゃった」

秀人はそう言って、少し間を置いてから、

「逃げるしかできないって、情けないなって自分でも思うよ」

少し苦い顔をして続ける。だが孝太は、

「そうっスか？　俺は逃げるが勝ちって思うけど」

そう言うと起き上がって、座り直す。

「そう？」

「うん。だってさ、どうやったって話が合わない時は、合わないじゃん。一緒にいるだけ無駄だし、怒鳴り合いになって消耗戦とか、不毛でしかないし」

孝太はそう言ってから、

「俺も、親父は未だに怖ぇっス。うちの場合、言葉だけじゃなくて手も出てくるから……羅刹《らせつ》の住む家かってレベル。……まあ、それでもじーちゃんが頃合いで割って入ってくれて、そのまま泣きつけたからよかったっスけど、秀人くんは、違うじゃん？　お母さんも、あんまり庇ったりとかってなかった感じでしょ？」

そう聞いてきた。

孝太に詳しい家庭事情を話したわけではないが、それでもおそらくは察するところがあったのだろうと思う。

孝太はそういったことに聡《さと》いのを、浅い付き合いの中でも秀人は感じていた。

「そうだね。……母親も、どっちかっていうと父親と似た考え方の人だったから」

相談しても、もう少し努力しましょう？　と返してくるばかりで、父親と違う意見を持つ秀人がむしろおかしいと言いたげだった。

「完全アウェーの中で、よく頑張ったっスよ」

孝太のその言葉に、胸が軋《きし》んだ。

「今ちょっとばっか、脇道にそれたって問題ないっス。秀人くん、頭いいからすぐ軌道修正できるっスよ」

言葉を返せないでいる秀人に気づいてか、気づかずか軽い口調で孝太は続けてくる。

「そうかな。今、全然何も思いつかないんだけど」

何とか、そう返し、

「うーん……、とりあえず、陽ちゃんが喜びそうなこと考えたらいいと思うんス」

「何、その陽くん基準」

よく分からない判断基準をぶっこんできた孝太に笑った。

「いや、陽ちゃんは正義っスよ。秀人くんだって、今笑ってるじゃん」

「確かにそうだけど……」

「マジ、陽ちゃん万能っスから。陽ちゃんがいるだけで空気が浄化されるんスよ。マイナスイオンがバリバリに出てるんス。なんなら一緒にいるだけでチャクラも開くんスから。こう、額の第三の目がパッカーンって感じで！」

力説する孝太も言っている内容の無茶さに笑っているので、秀人もつい笑ってしまう。

「陽くんが喜びそうなことって、とりあえず、お菓子作りしか思い浮かばないんだけど」

「あ、じゃあ、秀人くん、将来パティシエで決まりっス。伽羅さんと一緒に手嶋のおばあちゃんとこで修業しながらフランス語習得して、それからフランス行ってさらに修業っス」

「じゃあ、俺がパティシエの修業してる間に、孝太くん、俺の店を作っといてくれる？」

「もちろん。師匠と腕を振るうっス。その代償は、店構えがどう見ても神社ってことになるんスけど」

「陽くんのツリーハウスの二の舞だよね、それ」

陽のツリーハウスは、秀人も招待されたことがある。

木の上に神社の祠が？　というような、宮大工の腕を存分に振るった、ツリーハウスとしてはかなりの亜種だが、精巧なものだった。

「そうっス。俺、あのツリーハウス見て師匠のとこに弟子入り決めたようなもんなんで、原点でありり聖典っス」

「聖典って、使い方間違ってる気がするんだけど」

そんなことを言ってひとしきり笑い終えた頃、

「さて、ほどよく笑ったから寝るっスか！」

孝太がそう言ったので、そのまま大人しく眠ることにした。

秀人が布団にもぐりこむと、孝太が電気を消した。

「じゃー、おやすみなさーい」

そう言ってくるのに、おやすみ、と返し目を閉じる。

瞼の裏、正也の影がふっとよぎって、今日のことを思い出したりして、眠れないかもしれない、と思った秀人に、

「秀人くん、秀人くんのお店の前に鳥居《とりい》とか作るのアリ？」

孝太はまださっきの話を引っ張ってくる。

「アリかナシかならナシだけど、作るならもういっそ、伏見《ふしみ》稲荷みたいにアプローチを鳥居のトンネルにしちゃってほしいよね」

そう返せばすぐに「了解っス」と帰ってきて、

「お店始めたら、陽ちゃんに、週二くらいでバイトしてもらったら売り上げ倍増っスよ」

「バイト代、ケーキとかでいいのかな」

「マカロンもつけたら完璧っス」

そう言ってまた笑う。

コックのミニチュアみたいな制服でバイトをしてもらったら可愛いだろうな、とか、そんな妄想をしているうちに、いつの間にか眠ってしまっていて、孝太の目覚まし時計の音で起きるまでぐっすりだった。

そのあとは佐々木家で朝食まで世話になってから、ようやく家に帰ってきた。

二階の部屋に行って着替えを取ってくると、シャワーを浴びに風呂場に行き、身支度をしてからようやく居間に顔を出した。

居間には思ったとおり後藤と、正也がいた。

「おはよう」

秀人が言うと、正也はむっつりした顔をしていたが後藤は、おはよう、と返してから、

「猪鍋食ったんじゃろ？　どうじゃった？」

猪鍋の感想を聞いてきた。

「味噌仕立てでおいしかったよ。血抜きもうまくしてあって、話で聞いてるみたいな臭みとかもなかったし」

秀人が言うと、

「呑気に酒を飲んで、猪鍋をつついてられる身分じゃないだろう……っ！」

怒気を孕んだ声で正也は言った。

その声に、また心臓のあたりがざわつくが、

「悪いけど、俺、もう出なきゃいけないから。その話は帰ってから聞くよ」

秀人はそう言うと居間を出て玄関へと向かう。

「秀人、待て！」

正也は引き留めようとするが、後藤は立ち上がりかけた正也の腕を摑み、

「気ぃつけて行けよ」

軽やかに秀人を送り出してしまう。

「父さん！　秀人とは話をするために来たんだ！　いったいどういうつもりで……」

「おまえの都合ばかり押し付けるな。秀人は仕事がある」

「仕事……？」

思ってもいなかった言葉に正也は戸惑った。

「ここいらも、空き家が多うなってきてな。放っとくと朽ちてくばっかりじゃし、別の集落でよそモンが空き家に入り込んで火事を出したことがある。それで、その空き家をちょっと小ぎれいにして、人に貸そうって話になったんじゃ」

「こんな田舎で賃貸をやっても住む人なんかいないだろう」

そもそも食べていけるだけの仕事がない。

新規就農を考えての移住なら話は別だが、そんな人物が何人もいるわけがない。

「ああここの住民になるって意味じゃないぞ。昼間の何時間か貸したり、週末だけ泊まりに来たり、田舎体験みたいな感じで来る客はわりとおるんじゃ。連休あたりから本格稼働したんじゃが、秀人は日中、申し込み客の返事やら、来た客の対応やらしとる」

後藤の説明に、正也は黙った。

「うつうつと引きこもっとるわけじゃないから、安心しろ」

後藤はそう言うと、摑んでいた正也の腕を離し、軽く二度ほど叩いた。

◆◇◆

秀人に逃げられ、追いかけていったところで、その場で説教をするわけにもいかない。

秀人と話し合うために来た正也は相手の不在で途端にすることがなくなった。

家にいても後藤は後藤で長寿会の会合があるから出かけるというので、一人家にいてもテレビを見るくらいしかできない。

テレビを見ていても、きっと秀人のことを考えてイライラしてしまうだろうということは分かっていたので、後藤が出かける時に正也も家を出て散歩をすることにした。

「あら、正也ちゃん？」

散歩を始めて間もなく、正也は数軒先の家の前で溝掃除をしていた老女に声をかけられた。後藤と同年代のご近所さんだ。

「お久しぶりです」

言って軽く会釈をすると、

「本当にねぇ……！　ユキちゃんのお葬式の時以来じゃから、もう十年かそれくらいじゃろかね。すっかりいいおじさんになって」

コロコロ笑いながら言う。

昔からそうだったなと懐かしく思っていると、

「まあ、あのちんまかった秀人くんがあんなに大きいなっとるんじゃから、互いに歳を取るはずじゃわねぇ」

秀人の名前が出て、つい、眉根が寄る。

「秀人くんのことで帰ってきたんじゃろ？」

正也の表情が変わったのに気づいたというより、最近まったく戻ってこなかった正也が来た理由など、秀人以外にないことなど全員が気づく。それで聞いたというだけである。

「ええ、まあ……」

「頭のええ子は、私らみたいなのより、よっぽど世界が複雑じゃから、考えることも多ぅて悩みも多いんじゃろうねぇ。けど、ええ子に育っとるわよ」

その言葉に、正也は苛立った。

『いい子』なだけに、どれほどの価値があるのだろうかと思う。

それは、最も基本的なことだ。

その上に何をどれだけ積み上げられるかで人生は決まる。

秀人がどれだけのものを積み上げていけるか、そのためにどれだけ腐心してきたか分からない。

それを秀人は自分で突き崩したのだ。

だが、正也は曖昧に笑って、適当な世間話で流す。

そしてひとしきり話し終えてまた歩き出すと、別の知り合いに声をかけられ、足止めされる。

そこから解放されて再び歩き出し、あまり人と出会わなそうなところに行こうと角を曲がって少し行くと、向こうから昨日会ったあの子供が歩いてくるのが見えた。

あ、と思った時には、もう向こうに気づかれていて、

「おじさーん」

言いながら笑顔で駆け寄ってきた。

そして間近まで来ると、

「おはようございます」

ペコリと礼儀正しく頭を下げて挨拶をしてくる。

「ああ、おはよう」

「おじさん、なにしてるの？　どこかいくの？」

無邪気な好奇心で聞いてくる。

「いや、ただの散歩だ」

「そうなんだ！　あのね、ボクもおさんぽしてるの。おじさんといっしょにおさんぽにいってい い？」

断られることなどまったく考えていない、キラッキラの目で見上げながら言われて、断ることなどできなかった。

「あ、ああ」

戸惑いつつ承諾すると、

「おじさん、どこにいくつもりだったの？」

行先について聞いてくる。

「特には決めていないが」

「じゃあ、ボクのおさんぽのコースでいい？」

その言葉に頷けば、じゃあこっち！　と歩き出す。

髪の色はかなり明るいが、瞳の色も生粋の日本人ではないだろうと思える明るい色だ。

だが、顔立ちそのものはそこまで彫りが深いわけではないので、両親のどちらか、もしくは祖父母のどちらかが外国人なのだろう。

――そういえば、昨日のクッキーを作ったというのも、外国人のような名前だったな。

正確に覚えているわけではないが、外国人であればあり得る名前だった。

もちろんキラキラネームというパターンもあるが、この子供の身内なら、外国人といった線が濃厚だろう。

そこまで考えて、この子供の名前も覚えていないことを思いだした。

「……君は、なんていう名前だったかな」

問いかければ、先を歩いていた陽が笑顔で振り返り、

「はる、だよ。たいようの、よう、で、はるってよむの」

自分の名前と、その由来を説明してくる。

「そうか、陽くん、か」

「うん！」

「陽くんのご両親は、どこの人なのかな」

正也の問いに陽はきょとんとした顔をする。

「ごりょうしん？」

聞き返されて、このくらいの子供には難しかったか、と、

「お父さんとお母さんだ」

言い直すと、陽は、

「えっとね、おとうさんと、おかあさんは、もうしんじゃったの」

あっけらかんと返してくる。

だが、その口調とは裏腹に、内容はかなり重かった。

「そうなのか？」

「うん」

「じゃあ、今は誰とここに？」

「えっとね、こはくさまと、りょうせいさんと、きゃらさんといっしょなの」

――きゃら……たしか、クッキーを作ったとかいうのがそんな名前の人だったな。

正也はうっすらと記憶を辿る。

着ている服は昨日と違っているし、顔色もいいし、元気だ。

両親がいないといっても、ちゃんとした身内が世話をしているのだろうと察しを付ける。

とはいえ、このまま話題をどう変更すればいいのだろうかと思っていると、

「あ！　みーこさんだ」

陽は視界の中に入ってきた三毛猫を指さす。

三毛猫は陽の声に、短く、にゃ、と鳴くとどこかの家の庭へと入り込んでいった。

「みーこさんはね、つかはらのおばあちゃんのおうちにすんでるの。ときどき、おさんぽしてた

らあうんだよ」

にこにこしながら陽は言うと、おじさん、いこ、と歩き出す。

陽の散歩コースは、集落の山手のほうの小道を進んでいくものだったが、小道の脇には小さな畑があり、そこに人の姿が見えれば陽はすぐに声をかける。

小さな集落なので、親しくしていたというわけではなくても、正也も知っている相手なので、当然、ちょっとした昔ばなしになる。

それでも、深い話――例えば秀人の話だ――にならないのは、陽がいるからだろう。

秀人が急にここに来たことを、いぶかしく思っている住民はいるはずだ。

都落ちだと思っている者もいるだろう。

その理由を聞かれても、今は何も分からない。

曖昧にごまかすしかないだろうということにも、腹が立つ。

しかし、陽のような子供に聞かせていい話題かどうか、という線引きで、そのことについて聞いてこないのは助かった。

――まったく…。

秀人のことを考えると、腹立たしいことばかりだ。

反抗期らしい反抗期はなかったが、それは反抗しなければならないような状況にしないように気を付けていたからだ。

子供の頃から友達付き合いする相手を見定めて、望ましくない相手と過度に親しくならないように、習い事――もちろん秀人が興味を持ったものだ――をさせて、調整した。

小学校からは、それなりの家柄の子供が通う私立へ通わせ、中学まではエスカレーター、高校は屈指の進学校に、そのまま有名大学へと進ませた。

だが、その大学時代に一人暮らしをさせたのがいけなかったのだろうと思う。

家からでも通学が可能な場所だったが、本人たっての希望で許可をしたのだ。

もちろん、抜き打ち的に様子を見に行ったが、試験やレポートで部屋が荒れることはあっても、夜遊びだのなんだのでいないというようなことはなかった。

友達を連れ込んで遊びほうけてもいないようで安心していたのだが、あの時に好ましくない相手と付き合って妙な思想を受け付けられたのだろう。

そうでなければ、人がうらやむ展望が待ち受けているルートを望んで蹴るなんてあり得るはずがない。

相談の一つでもされれば、思いとどまらせるすべもあったのに、すべては事後承諾の上で、気が付けば自室の荷物も大半が運び出されたあとだった。

――仕事を辞めた。家も出る――

そんな言葉を突然投げかけられて、怒らないほうがおかしいだろう。

どれだけの手間をかけておまえを育ててきたと思っている、と言えば、黙って預金通帳を出してきた。

――養育は親の義務だから、それで手を打ってほしい――

何を考えているのか分からない目で、そう言ってきた。

ふざけるな、と怒鳴りつけ、通帳を破り捨てた。

それでも表情一つ変えることなく、秀人は黙っていた。

――ここに来た時の、暑さも寒さも分からんような顔をした秀人を見とったら、とてもじゃないがそんなことは言えんかった――

ふっと脳裏に、昨日後藤が言っていた言葉がよみがえった。

あんな顔をしていたのだろうか、と思った時、

「おじさんは、えだまめすき？」

陽が正也の手を引っ張って聞いた。

「え？」

「えだまめ。おじいちゃん、えだまめうえるんだって。たべられるようになったらくれるって。ボク、えだまめだいすき」

いつの間にか、陽は畑にいた住民と枝豆の話をしていたらしい。

「あ、ああ。そうだな。枝豆は、夏によく」

「じゃあ、おじさんのぶんも、もらってあげるね！　おじいちゃん、おじさんのぶんも、ちょう

だい」

陽が言うのに、住民は笑顔で頷く。

「ああ、たーんとやろうな」

「やった！　じゃあ、ボク、おいしいえだまめになるように、くさとりのおてつだい、しにくるね」

「ああ、頼りにしとる」

住民がそう返せば、

「うん！　またくるね！」

陽は笑顔で返してから、正也を見上げた。

「おじさん、さんぽいこ」

そう言って正也の手を引いて歩き出す。

そのまま陽に連れられて、集落を見渡せる山の入り口近くまで登ってきた。

「ここからだと、しゅうらくがだいたいぜんぶみえるでしょう？」

足を止めた陽に言われるまま視線を向けると、確かに集落のほとんどが見えた。

記憶の中の集落は、もう少し家が多かったが、空き地になっている場所もちらほらあったし、かやぶきだった屋根がトタン屋根に替わっている家もある。

集落のバス停から少し横にある倉庫ができたのは、正也が集落を離れる少し前のことだった。

当時は鮮やかな青いトタン屋根だったが、すっかり色あせてグレーがかった水色だ。

そうなるほどの長い年月を離れていたのだと実感するのと同時に、何もない集落だと思った。

だからこそ、正也はここを出たのだ。

ここで暮らすだろう未来は明るくないと思えたからだ。

実際、そうだろう。

だからこその、過疎《かそ》だ。

「ボク、ここからしゅうらくみるの、だいすき」

陽は言って、指をさす。

「あそこのかきのきはね、いちばんあまいかきのみがつくの。すももはね、あそこにいっぱいあるんだよ」

「君は、物知りだな」

正也の言葉に、陽は嬉しそうに笑い、

「でもね、ひでとくんのほうが、もっとたくさんいろんなことしってるよ」

そう言うと、続けた。

「テレビでクイズみてても、テレビにでてるひとよりもっともっとはやく、こたえられるの。クイズにでたら、ぜったいゆうしょうしちゃうとおもう！」

「そうなのか？」

「うん。それに、コーヒーいれるのもじょうずだし、あとね、むずかしいおしごとも、かんたんにやっちゃうの。こうたくんがむずかしいっていってたことも、ひでとくん、あっというまにかいけつしちゃったの」

少し興奮気味に陽は秀人のすごさを語ってくる。

それは別に正也に伝えねば、というのではなく、純粋に秀人のすごさを語りたい、といった様子だった。

もちろん、陽のような子供から見れば、大人の「できること」はすごく見えることが多いのだろう。

たとえ生活していくうえで取るに足りないことだとしても。

それでも、秀人を褒められるのは、気分がよかった。

「陽くんは、秀人とは、仲がいいのか？」

なんとなく聞いてみると、

「うん！」

陽は即答する。

「ごとうのおじいちゃんのおうちで、このまえみたいにおかしたべたりもするし、いっしょにおさんぽいったりもするし、こうたくんもいっしょにさんにんで、あそんだりもするよ」

どうやら、後藤が言ったとおり、家に引きこもっていたりするわけではないらしい。

子供の遊び相手をする程度に元気はあるらしいし、集落の仕事を手伝ってもいるようだということは、東京に戻れないほど心身が不調ではないのだろうと察しを付ける。

とにかく、このままここにいたら、状況は悪くなるばかりだ。

少しでも早く連れ戻さなければ、と正也は改めて決意した。

その後、陽の午前コースに付き合い、正也は陽と一緒に後藤家へと向かう分かれ道まで来た。

このあと互いに家に戻り昼食なのだが、別れ際、陽が聞いてきた。

「おじさん、おひるごはんのあと、なにかごようじある？」

「いや、特には」

うっかりそう答えると、陽は再びキラッキラの目をして、

「あのね、おひるごはんたべたら、またべつのところにおさんぽにいくの。いっしょにいこ！」

誘ってきた。

用事がないと言ってしまった手前——実際、ない。秀人が帰っていれば別だが、秀人も自分が家にいる以上は避けてくるだろう——断るわけにもいかないし、陽の期待でいっぱいの顔を見ていると断るのに酷い罪悪感を覚える。結果、

「ああ、そうだな」

正也はそう返す他なかった。

「じゃあ、おひるごはんたべたら、おむかえにいくね。ごとうのおじいちゃんのおうちにいったらいい？」

ああ、と返せば、

「じゃあ、ごはんたべたらいくね！　またあとでね！」

陽は正也に手を振り、帰っていく。それを少し見送ってから、正也も家に戻った。

6

昼食を食べて少しまったりしていると、約束通りに陽が正也を迎えにきて、出かける正也を後藤は笑って送り出した。

午前中どこに行っていたかと聞かれ、陽の散歩に付き合ったと話せば、あの子は可愛いええ子じゃろと言われた。

実際、ひねたところのない今時珍しいくらいに純粋ないい子ではあるので頷くと、

「おまえさんも、陽坊の可愛さにやられたか」

と言ってきた。

別にやられてなどいないと言ったものの、午後はどうするのかと聞かれ、陽とまた散歩に行くと伝えるしかなく、それに『陽坊に誘われて断れる奴はそうおらんからな』と笑ってきた。

その時と同じ笑みで見送られて、正直、面白くない。

――仕方がないだろう。断る理由がなかったんだ。

子供相手に本気で断るというのも大人気ないし、田舎とはいえ、子供一人を散歩させるのも危ない。

そう、危ないから、あくまでも大人として見守るためについていくのだ――と正也は理由づける。

午前中と同じく、陽に任せるまま歩いていたが、散歩が好きというだけあって正也の知らない道をどんどん進んでいく。

とりあえず、そこは他人の敷地内じゃないのかと思うところもあるが、このあたりではご近所同士、ちょっと横切る、というようなことは昔からあった。

集落を離れてしばらく経つし、ここにいた頃でも正也はそういうことをしなかったので抵抗はあったが、陽と一緒なら見とがめられることもないだろうとついていった。

やがて辿り着いたのは遊歩道として整備された鎮守《ちんじゅ》の森から続く小道だ。

「こんなところができてるんだな」

「おじさんがいたときは、なかった？」

「ああ」

「ここをいくと、さいじんさまのじんじゃだよ」

途中の分かれ道を陽の言うように曲がれば、神社の裏手に出た。

そこは、昔と変わらない静かな場所だった。

陽はてててっと社の前に行くと、きちんと作法通りにお参りをする。正也もそれに続いてお参りを終える。

ここで終わりかと思ったのだが、散歩はさらに続いた。

そこから市道に出て、向かったのは小学校だ。

かつて、正也も通った学校である。

田舎とはいえ、正也がいた頃は第二次ベビーブーム前後世代で生徒数も多く、ここでも四十人学級での一学年三クラス、四クラスが普通だった。

すでに廃校となり、今は集落の大集会所として使われていて、古びたとはいえ校舎の建物はそのままだ。

「なつに、こうたくんといっしょに、ここでテントでキャンプしたの」

「ここで？」

「うん。たきびでごはんつくって、よるは、カブトムシさんとりにいったの。おひるまに、カブトムシさんがくるように、えさをじゅんびしてたから、すごくいっぱいあつまってた。こうたくんはね、カブトムシとるのも、サリガニとるのも、すごくじょうずなの」

楽しそうに陽は言う。

「こうたくんは、陽くんの友達か？」

たびたび名前が出るので親しい相手だろうと思うが、陽のような子供を責任もってキャンプに誘ったりできるのだから、同年代というわけではないだろう。

――いや、その「こうたくん」の保護者も一緒だったという可能性もあるか……。

正也がそう考えた時、

「うん！　ささきのおじいちゃんのおでしさんなの。やさしくて、なんでもあっというまにつくっちゃうんだよ」

陽が答えて、それで、後藤が言っていた秀人と同年代の弟子のことだと分かった。

「そうか、佐々木さんのお弟子さんか」

「はしるのもはやいし、きにのぼるのもじょうずなの」

にこにこして話す陽の様子から、彼は子供のヒーロー要素を持っているらしい。

「おじさん、ブランコしていい？」

陽は、ここに来た目的の一つだろうブランコを指さす。

「ああ、気を付けてな」

正也が言うと、陽はブランコに向かって一直線に走り出す。そしてブランコに乗ると立ちこぎで危ないと思うくらいに高くまでこいだかと思うと、そこからするっとかがんで足場に腰を下ろした。

自分も子供の時はやっていた動きなのだが、はたから見ているとヒヤヒヤする高さと動きだ。

ブランコをひとしきり楽しむと、次に陽は鉄棒に向かった。

「あのね、いま、さかあがり、できるようになりたくて、れんしゅうしてるの」

陽はぎゅっと鉄棒を握って、地面を蹴り上げる。

しかし、足が中途半端に上がっただけでまったくできそうな気配がない。

何度か挑戦するのを見たあと、

「もう少し強く地面を蹴ったらどうだ？」

見かねて正也はアドバイスする。

「わかった、やってみる！」

素直に聞き入れ、陽はさっきより強めに地面を蹴る。今までよりやや足は高く上がったものの、まだまだ遠い。

「うーん…、お尻が上がり切らないんだな。もう一度、やってみてくれ」

正也の言葉に陽はもう一回逆上がりをやろうとする。強く地面を蹴った瞬間、腰の下あたりに正也の手が添えられた。

そのまま強く持ち上げられて、陽の体はくるりと鉄棒を回った。

「あ、てつだってもらったら、できた！」

「自分の力で、お尻をあれくらい上げられるようになると回れるんだが」

「じゃあ、もっともっと、つよくけったらいい？」

陽が問うのに、正也は腕組みをして考える。

正也自身は、逆上がりは難なくできたタイプなので、できない理由が分からない。

――秀人は……。

ふっと秀人の時はどう教えたんだろうかと思い返そうとして、愕然《がくぜん》とした。

秀人が逆上がりができるかどうか、正也は知らない。

そんな話を聞いたこともないし、当然、練習に付き合うようなこともなかった。

仕事は残業が多かったし、たまの土日も接待ゴルフでいないことばかりだった。

秀人が小学生だった頃は、働き方改革なんて意識はまだまだ薄く、土日を潰しての接待も残っていた。

それが「普通」という意識だった。

「おじさん、もういっかいいてつだって」

「あ、ああ」

陽が声をかけてきて、それに正也は応じる。

手伝ってやると綺麗にくるりと逆上がりができて陽は笑顔になる。だが、その後自分の力だけでやってもうまくはできなくて、それでも、陽は、

「でも、ちょっとだけ、できるかもっておもえてきた」

そう言って笑顔を見せる。

その屈託のない笑顔に正也は複雑な気持ちになった。

——秀人は、こんなふうに笑ったことがあったか？

思いだそうとしても、思いだせなかった。

思い返そうとして浮かぶのは、家を出ていく前の、冷めた目をした秀人の顔だけだ。

「あ、もうすぐおやつのじかんだ」

校庭の時計を見て陽が言うのに、正也は我に返る。

自分の腕時計でも確認したが、確かに三時前になっていた。

「おじさん、ささきのおじいちゃんのところいこ！」

陽はそう言うと、正也の手を摑んで歩き始める。

断るタイミングも逃してしまったし、何より昨夜、秀人が佐々木のところに泊まっているので親としては礼を言っておかねばならないということもあり、陽に手を引かれるまま佐々木の作業場へと向かった。

「おじいちゃーん、こんにちはー」

佐々木の作業場に着くと陽は慣れた様子で奥へと入っていく。

そこには、記憶の中よりは老いているが佐々木と、工務店の関など見知った顔があり、なぜか後藤と秀人も来ていた。

「あ、ごとうのおじいちゃんと、ひでとくんもいる！」

陽が明るい声で嬉しそうに言うのに、後藤は陽と正也を見て『おお、来たか』、といったような顔をしたものの、秀人は表情を硬くした。

「おじいちゃんとひでとくんも、おやつたべにきたの？」

だが続けられた陽らしい疑問に、秀人は笑う。

「ううん、俺は孝太くんに話があって来たんだよ」

「そしたら、おやつの時間になったんで、お茶飲んでく？　って話にはなってたっス」

そう続けたのは孝太だ。

「わしは別の用件で来とったら、秀人が来た」

後藤もそう説明する。

「じゃあ、おやつにするっスか。陽ちゃん、秀人くん手伝ってくれる？」

その言葉に陽と秀人はお茶とお菓子の手伝いを始めると、佐々木たちもおやつモードに入り、作業を中断して準備に入る。

「正也、そこのビールケース持ってきて椅子にしろ」

後藤が指示をするのに、正也は隅に積んであるビールケースを持ってきて、他の同じ用途で使われているビールケースと同じくひっくり返した。

「座布団の数がねえから、これ敷くとええ」

佐々木が古い新聞紙の束を渡す。

「あ、すみません」

受け取りながら、

「昨夜は、秀人がお邪魔をして、申し訳ありませんでした」

秀人が泊まったことについて詫びを入れた。

それに佐々木は笑った。

「いやいや、こっちが誘うたし、飲みは誰が来てもウェルカムいうやつじゃ。ええ猪肉じゃったから、おまえさんも帰ってきとるんじゃったら誘えばよかったな」

社交辞令半分だろうが、そう言って、秀人が泊まったことに関しては気にするなとも含ませる。

記憶の中の佐々木は、職人気質の気難しい人で、いつも眉根を寄せているといったイメージだったが、今はすっかり丸くなった印象だ。

後藤と同じく、老いから丸くなったのだろうかと思う。

そうこうするうちに人数分のビールケースの椅子が準備され、陽がお茶を配り始め、孝太は中央の一升瓶ケースの上にお菓子の載ったお盆をセッティングする。

秀人は？　と確認すると、急須でお茶を淹れる係を担当していたらしく、使い終わったお茶の葉を作業場の隅にある簡易のシンクで処理をしていた。

その間に全員にお茶がいきわたり、おやつタイムが始まる。

「陽坊、今日はどこを散歩しとったんじゃ？」

佐々木が問うと、陽は、

「えっとね、あさは、やまのほうにいったの。ひでとくんのおとうさんととちゅうであって、そこからいっしょにいって、おひるごはんのあと、またいっしょに、ごとうのおじいちゃんのおうちのうらから、ゆうほどうへいって、じんじゃにいって、しょうがっこうにいったの」

詳細に今日の散歩ルートを伝える。

「ほう、正也くんと一緒じゃったか」

「うん！　ブランコして、てつぼうもしたよ」

陽が言うのに、

「そろそろブランコのペンキ塗り替えにゃならんなぁ。陽坊、何色がええ？　好きな色、塗ってやるぞ」

関が問う。その言葉に、

「遊具の管理は、関さんがしてらっしゃるんですか」

正也が聞いた。

廃校になって、今は大集会所として使われているとはいえ、遊具で遊ぶ年齢の子供は陽くらいのようだ。

陽一人のために点検業者を呼んでいるとは思えなかったが、確かにペンキの色褪《いろあ》せなどはあるものの、錆《さび》もなく、支柱もしっかりしていて、不思議だったのだ。

「管理言うほどのことはしとらんよ。陽坊が遊ぶのに、危なくない程度に見回っとる程度じゃ」

何の気負いもない様子で関は返してきた。

「正也、小学校見るのも久しぶりじゃったろ？」

後藤が問うのに、正也は頷いた。

「ああ。いろんなものが、こんなに小さかったかと思った」

校舎はもっと大きくて、校庭ももっと広かったような気がしていたのに、小さく思えた。

「それは、おまえさんがでかくなったんじゃ」

後藤が言って笑う。

「ついでに歳も取ったしな。白髪もぼちぼちあって、それなりになったなぁ」

関もそう言って同じように笑う。

「それを言うたら、わしらもすっかりじいさんじゃがな」

佐々木が言うのに、他の大前《おおまえ》や中畑《なかはた》もそうじゃそうじゃと笑って続けた。

「普通のじいさんは、調子に乗って一升瓶開けたりしないっスよ。なんで酒量が落ちないんスか」

呆れたように孝太が言うのに、陽を挟んで隣にいた秀人も苦笑いする。

昨夜の飲み会は、かなり飲んだらしいのがそれで分かった。

「確か君は、佐々木さんのお弟子さんだね。秀人が世話になってると聞いてる」

正也が孝太に声をかけると、

「岩月《いわつき》孝太って言います。初めましして」

にかっと笑って、返してくる。その発音から、地元出身でないことは分かった。加えて宮大工の佐々木に弟子入りをしているということで、そういう家柄の出身かもしれないとあたりをつけ、

「岩月くん…岩月というと、もしかして、岩月建設の……?」

そう問うと、

「あー、そうっス」

孝太は軽いノリで答えた。

中堅建設会社で、もともとは大手の下請けが中心だったらしいが、堅実で確かな仕事ぶりが高く評価され今は企業から指名される仕事のほうが多い――というのが、昨今の就活セミナーでの企業評価欄に書かれている事柄である。

「岩月建設の御曹司とここでお会いするとは」

正也の言葉に、

「オンゾーシとかそういうガラじゃないっスよ。俺は気楽な三男坊なんで」

笑って言ってから、

「あと、秀人くんを世話してるっていうより、世話になってるほうっス。マジで秀人くんがいてくれて助かってます」

孝太は続ける。

「確かに秀人くんがおらんかったら、おまえさん、役所の甲・乙の文書の前で干からびとっただろうからな」

佐々木が笑って言う。

「マジでそれっス」

「ひでとくんは、あたまがいいから、むずかしいかんじも、ぜんぶよめてすごいなあって、いっつもおもう」

陽も子供らしい感心を秀人に寄せる。

「ねー、すごいっスよねー」

孝太は陽に同意するように言うが、

「なんか、褒められたあとに『お願い』が待ってそうで怖いんだけど」

秀人は何やら疑いを持った様子で返した。

「え、ないない。下心とか、そんなにないっス」

「そんなにってことは、ちょっとはあるんだ？」

返した秀人に、孝太は親指と人差し指の間を一センチくらい開けた。

「ちょっとだけ。ほんっとうに、ちょっとだけ」

「まあ、あとで、聞くだけ聞くけど」

気軽にやりとりしている様子を見ていると、秀人はすっかりここに馴染んでいるように思えた。

だが、それは正也の望むところではない。

ここに秀人を長くいさせるつもりはないのだ。

——普通に人付き合いができるようになっているなら、東京でもすぐやり直せる。

正也がそう思った時、

「正也くんは、日曜はまだこっちにおるんか？」

関が聞いた。

「あ、はい」

そう返事をすると、

「登校日のドッジボールの頭数増えたな」

関が佐々木と後藤を見て言う。それに二人が頷くのを見た正也は、

「登校日……?」

怪訝な顔で聞き返した。

「登校日っちゅうんは、陽坊に小学校を体験させるための日じゃ」

後藤が説明すると、それに陽は元気に、

「ランドセルせおっていくの。くろいランドセルかしてもらっていくんだよ。こうたくんはあかいランドセルなの」

そう説明を足してくる。

「それでね、こんどは、ひでとくんもいっしょなんだよね」

「初めて参加するから、いろいろ教えて?」

秀人が言うのに、陽は笑顔で、うん、と返している。

「午前中、陽坊らはちゃんと授業を受ける。わしらは趣味の展示会やら発表会やらじゃ。春から秋まで、季節ごとに一回やっとる。まあ集落の交流会みたいなもんじゃ」

「はぁ…」

「みんなで給食食って、午後からはドッジボール大会じゃ。くじ引きをしてチームを分けてやるんじゃ」

「そのドッジボールに、参加、ですか」

戸惑いつつ正也は確認する。

「ああ。日曜にここにいて、用事が特にない時点で強制参加じゃがな」

佐々木が笑って言う。

「ドッジボール、いつもすごくおもしろいから、たのしみ」

どうやら陽も参加するらしい。

集落の高齢者と陽のような子供が参加するドッジボールなら、問題ないだろうと、正也は分かりましたと返事をする。

秀人も登校日に参加するなら、ドッジボールも強制的に参加なのだろうし、多少同じことをしておいたほうが、話のとっかかりにもいいだろうと思えた。

「登校日が終わったら、そろそろ園部のばあちゃんの四十九日じゃな」

佐々木が言うのに、

「もうそんな時期か」

大前が思い返すように言う。

「園部さんって、最近までいらっしゃったんですか」

驚いたように正也は問う。

正也が集落を出た頃でも、もう「おばあちゃん」と言っていい年齢だったのだ。

「先月な。陽坊は毎日のように見舞いに行っとったんじゃろ？」

葬儀の時の陽の悲しみようはとても「集落の老人が亡くなった」だけのものではなく、陽と園部の親密さを伝えるものだった。

そこで、陽がある時期から毎日、園部の見舞いに行っていたことを知らされた者も多い。

園部の最期を看取ったのが陽だということも、その時に併せてみんな知ったのだ。

『あの夜、園部のおばあちゃんのことが心配だって、陽が急に言い出して、陽を連れて園部さんの家に様子を見に行ったんです』

涼聖がそう話していた。

それを聞いた住民は、虫の知らせ、だとか、子供は勘が鋭いから、というような形で納得していた。

「おうちでひとりだと、さみしいでしょう？　おばあちゃんが、おそとにでるのがむずかしいなら、あいにいけばいいとおもったから……」

人には分からない園部の死期が分かった、などということを口にしてはいけないことを陽は十分分かっているので、そう答える。

その陽のアンニュイな様子に、孝太は、

「えー！　俺も寂しいから陽ちゃんに毎日来てほしいっス」

元気づけるようにそう言って陽に抱き付く。そんな孝太に、

「寂しいと思う暇がないくらい、仕事回してやってもええぞ」

笑いながら佐々木が言って、孝太は「うわ、藪蛇《やぶへび》だった！」と頭を抱える。

その様子にみんなで笑い、秀人は陽に「藪蛇っていうのはね」と言葉の意味を教えたのだった。


おやつのあと、秀人はまだ孝太と話があるので作業場に残り、正也と後藤は陽を送るついでに家へ帰ることにした。

陽がどこに住んでいるのか、正也は知らなかったが、後藤がついでに、というのだから道すがらに家があるのだろうと大して気にせずついていくと、

「あ、りょうせいさん、かえってきた！」

陽はそう言うと走り出した。陽の少し前には「香坂診療所」の看板が出ている家があり、そこに一台の車が入っていくところだった。

ややすると、陽に手を引かれて涼聖が通りに出てきた。

そして後藤と正也を見ると、軽く会釈をした。

「こんにちは、後藤さん」

「若先生、往診の帰りか?」

「そうです」

涼聖が答えるのに、陽は正也を指さし、

「ひでとくんのおとうさんだよ!」

そう紹介する。

「どうも」

正也は会釈をしつつ、どこかで会ったような気がしていた。だが、母親の葬儀以降集落に立ち寄ったことはないし、母親が亡くなった時の診療所の医師も、すでに亡くなったはずだ。

「若先生は正也と会うたことあったか?」

後藤が言うのに、涼聖は頷いた。

「ええ、一度だけ、後藤さんが入院されている時に総合病院で」

その言葉に正也は、

「ああ、そうでしたか。どこかでお会いしたことがあるような気はしていたのですが……その節はお世話になりました」

そう言って改めて涼聖に頭を下げる。

「いえいえ、あの時は俺は何も。俺よりも、倉橋先生が、ですね。執刀も、駆け付けていただいたあとの術後の説明も倉橋先生がされましたので」

「倉橋……」

そう言って思案顔になる正也に、

「昨日、会うたじゃろ。一緒に住んでる先生じゃ」

後藤が笑いながら言う。

「え？」

倉橋と会ったのは、昨日、コーヒーを飲んだ時だけで、あれから会っていない。だがその時の倉橋の顔も、術後の説明をしてくれた医師の顔も、どちらもおぼろげだ。

かろうじて、そう言われてみれば？　程度であるが、印象がまったく違う。

昨日の倉橋はリラックスしていたこともあるだろうが、柔和な印象で、病院で説明を受けた時は医師然とした怜悧な様子だった。

無論、オンとオフでの差ということもあるだろうし、そもそも、今回は秀人のことしか頭になく、倉橋についてはまったく気にしていなかった。

「術後、後藤さんの状態はこれまでまったく問題ありませんし、日常で何かあれば倉橋先生がお気づきになっていると思いますから、心配はないと思います」

後藤の健康状態について涼聖が説明する。それに正也が「そうですか」と返すと、

「りょうせいさん、あのね、きょうはずっと、おじさんとおさんぽしてたの。それでね、しょうがっこうへもいって、てつぼうもみてもらったの」

陽が涼聖の手をくいくいと引っ張って報告する。

「そうでしたか。一日中、お付き合いいただいてありがとうございました。……陽は元気なので、お疲れになったでしょう？」

察した、といった様子で言う涼聖に正也はやや苦笑しながら、

「陽くんの案内で、久しぶりにゆっくりと集落を見回れてよかったですよ」

そう返す。それに涼聖は笑顔を返し、陽に、

「陽、お礼を言おうか」

と促す。それに陽は頷くと、

「おじさん、きょうはありがとう！」

ニッコリ笑顔で言う。屈託のない笑みを愛らしいと思うのと同時に、まっすぐに受け止められないほどの純粋さに正也は胸を刺される。

「ああ、またな」

とりあえずそう返すのが精一杯だった。

「また遊びに来い、陽坊」

後藤も声をかけ、陽が相変わらずの笑顔で、元気にうん、と頷いて手を振るのに振り返し、そのまま別れる。

親子二人で家路に着きながら、

「陽くんは、診療所の子だったんだな」

　正也が聞いた。

「診療所の子、言うんが、先生の息子っちゅう意味なら、それは違うがな」

「うん？」

「陽坊の両親はもうおらんらしい」

　後藤の言葉で、そういえば陽が両親はもう死んだのだと話していたのを思い出した。だが、そんな影を微塵も感じさせないくらい明るいので、記憶の果てに飛んでしまっていたようだ。

「診療所の受付をしとる、琥珀って美人さんの甥っ子でな。若先生とは血の繋がりはない。じゃが、琥珀さんも陽坊も、それから、昨日、陽坊がクッキー持ってきとったじゃろ？」

「ああ」

「そのクッキーを作った伽羅さんと三人一緒に、若先生と同居しとる。まあ、それでも並の親子より親子らしいな」

　後藤の言葉に正也は厭味を言われたのだろうかと引っかかったが、後藤の顔からはまったくそんな様子は見えず、単純に、涼聖と陽たちが仲良く暮らしている、と表現しただけなのだろうと分かった。

「あのとおり、陽坊は懐っこい、可愛い、ええ子じゃから、集落の連中はみんな陽坊を、自分の孫、ひ孫と思うとる。おかげで、集落全体が親戚みたいなもんじゃ」

そう言って笑う後藤に、散歩の間、陽を見かけた住民が全員、にこにこ笑顔で話しかけてきたことを思いだした。

「……何も変わらないところだと思ってたが、佐々木さんの弟子みたいな子もいて……ちょっとは変わるところもあるんだな」

若い世代が軒並み集落を出て、離れた場所で就職し、そこで生活を始める。

残るのはここから出ることのなかった古い世代の人間たちばかり。

ここにいれば、何の変化もないまま、取り残される。

そうやって過疎化して消えたところはいくつもあるのだ。

やがてはここも。

そう思っていた正也にとっては、些細なこととはいえども、意外な変化だった。

「正也、登校日にドッジボールやるなら、今日からラジオ体操くらいはしとけよ。急に運動すると、怪我するからな」

後藤が言うのに、成り行き上とはいえ、ドッジボールに参加することになったのを正也は思い出した。

とはいえ、参加者の大半は高齢者だ。

若いのは秀人と、佐々木の弟子の孝太くらいだろう。

それに子供の陽。

そこまで構えるような行事でもない。

「親父こそ、気を付けてくれ」

日ごろの運動不足は否めないし、年齢なりの体力低下もあるとはいえ、それでも後藤に心配されるほどではない。

――年寄りの冷や水と言うからな……。

正也は後藤の身を案じたのだった。

7

登校日がやってきた。

陽はいつも通り、黒いランドセルを、そして孝太も赤いランドセルを持って登校した。

ランドセルはどちらも集落の塚原《つかはら》という人物の息子と娘が使っていたもので、捨てるには忍びなく家で保管されていたものを、登校日に貸してくれるのだ。

そもそも、この登校日はランドセルを欲しがったものの、買ってもらうことができず落ち込んだ陽に「なんとかしてランドセルを背負わせてあげたい」という「陽のおばあちゃん」を自認する集落の女性陣の作戦が発端だった。

ランドセルを背負って、それまでの落ち込みようが嘘のように笑顔で散歩をする陽に、集落全員が安堵したわけだが、黙っていなかったのが「陽のおじいちゃん」を自認する男性陣である。

陽のために何かしたいと思えども思いつかず、女性陣に出し抜かれた男性陣が思いついた――というか孝太に策を練らせ、登校日を開催することにしたのだ。

基本、春から秋の季節に一日開催され――冬に行わないのは、雪合戦があるし、このあたりの積雪がものすごいからである――、陽は小学校で授業を受け、集落の住民はそれぞれの趣味の習い事の発表会を行う。

そして、給食室で集落のおばあちゃんたちが作った料理が給食として提供され、午後は体育の授業で、有志参加のドッジボール大会——というのが、登校日のスケジュールだ。

「ひでとくん、おそいね。きょうは、ひでとくんもくるんでしょう?」

もうすぐ授業開始の時間だというのに来ない秀人のことを案じて、陽が心配そうに孝太に問いかける。

「もうすぐ来るっスよ」

孝太は笑顔で返してくるが、やってくる様子がない。

「とうこうび、わすれちゃったのかなぁ」

「大丈夫っス。昨日会った時に、明日小学校でーって、話してたから」

孝太がそう言った時、廊下を誰かが歩いてくる音がして、教室の前のドアが開いた。

秀人が来たのかと思ったが、入ってきたのは、元小学校教師で、いつも陽たちの勉強を見てくれる永瀬《ながせ》というおじいちゃんだった。

「はい、みなさんおはようございます」

永瀬が言いながら教卓に向かう。それに孝太が、

「きりーつ」

と号令をかけ、それに陽は椅子から立ち上がった。

「れい、ちゃくせきー」

孝太の言葉に合わせて、頭を下げ、そしてまた椅子に座る。

――ひでとくん、こないのかな……あさから、おねつでたのかな…。

昨日は来ると言っていたのに、今来ていないということは、昨日の夜か今日の朝に何かあったのだろう。

そう思って心配していると、

「今日は授業の前に、転校生を紹介します。入って」

永瀬のその言葉に、再び教室の前の戸が開き、秀人が入ってきた。

「あ！　ひでとくん！」

陽の顔がぱぁっと明るくなる。それに秀人は微笑むと、永瀬の隣に立ち、

「東京から転校してきました、後藤秀人です、よろしくお願いします」

ぺこりと頭を下げた。

「てんこうせいって、なに？」

陽が隣の席に孝太に問う。

「引っ越しで、学校が変わることっス」

孝太が言うのに、陽は納得した。

秀人は秋の登校日のあと、集落にやってきた。なるほど、転校生である。

「じゃあ、秀人くんは窓際の席へ」

永瀬が促し、秀人が移動する間に、孝太の携帯電話から一時間目の開始を告げるチャイムが鳴って、そこから授業が始まった。

精一杯高さを上げてもまだ小さい学習机に向かい、授業を受けながら、秀人はここ数日のことを思いだしていた。

正也をずっと避け続けるわけにもいかず、ある程度覚悟を決めていたのだが、正也は家で顔を合わせてもとやかく言ってくることがなかった。

今は何を言っても無駄だと思って、時間を置くつもりなのかもしれないと納得したが、どうもそういう感じとも違う気がした。

正也の性格上、言葉にはしないだけで、もっとイライラした様子を醸《かも》し出してきても不思議じゃないのだ。

とにかく不機嫌オーラを出して、こちらを委縮させるところがあったのだが、それがない。

もちろん、秀人が大人になった分、それらに耐性が付いた――といえなくもないが、会った初日や翌日の朝は、その威嚇《いかく》オーラを感じていたので、正也が出していないと考えたほうが妥当だろう。

秀人は日中、レンタルハウス関連で家を空けることが多く――家でできる作業もあったが、できるだけ会わないように家を空けていた――、その間正也が何をしているのか気になり、後藤に聞いてみた。

秀人の予想では、一日中家にいてテレビを見ているか、携帯電話を見ているかのどちらかだと思っていたのだが、違っていた。

なぜか、毎日、陽の散歩に付き合っているらしいのだ。

陽のツリーハウスまで見せてもらった様子である。

——これって遠回しな『孫がほしい』作戦だったりするのかな……。

なかなか結婚をしない年頃の子供に対し、親がとる作戦としては珍しくない。

『こんな可愛い孫がいればいいいな。ああ、でもおまえはニートだからな、無理だな』

厭味ったらしく言ってくる正也の様子は想像がつく。

だが、これまでの正也の行動や思考パターンを考えるに、そんな遠回しなことをしてくるとも思えない。

これは単純に、陽に誘われて断れずに付き合っている、という可能性のほうが高いだろう。

それは、陽に誘われて、よほど明確な理由がない以上は断れない自分の経験論からも言える。

もちろん、陽と遊ぶのが嫌なわけではない。

なぜだか陽に誘われると、自然と誘いに乗ってしまう。

最初は、その距離感に戸惑ったが、慣れてしまえばまったく普通のことで、一緒にいるのが楽しいのだ。

——まあ、そのうち、何か言ってくるだろう……。

正也がここにいるのも、あと少しだ。

帰る前に、必ず、なにがしかの言葉を秀人から引き出しにくるだろう。

――その時には、ちゃんと父さんを説得できるように、自分の考えをまとめて言語化しておかないとな……。

そう思うが、それがなかなか難しい。

ここに来た時の秀人の心境は「逃げてきた」というものだった。

逃げてきたここで、とにかく、ゆっくりしたかった――のだが、気が付けば集落の手伝いにいろいろ駆り出され、思ったような「ゆっくり」ではなかった。

集落の空き家プロジェクトに、冬が来れば、ほぼ毎日雪かきである。

おかげで疲れて夜はぐっすりだった。

多少ゆっくりとした時間を過ごせるようになったのは、雪が消えてからなのだが、来た時のような精神的な切迫感は、いつの間にか消えていた。

ゆったりと流れていく日常は、心地よかった。

だが、「何かをしたい」というような気持ちにはなれなかった。

現状でいいとは思っていない。

それでも――まだ自分の中が空っぽなのだ。

孝太は『逃げ』は悪いことではないと言っていた。

不毛な消耗戦をやるくらいなら、それでいいと。
だが、いつまでも逃げてばかりはいられない。
それは秀人自身がよく分かっている。
糊口をしのぐためだけの仕事でいいなら、見つかる。
倉橋に頼めば仕事を紹介してくれるだろうし、そこでうまくやっていく自信もある。
けれど——そうじゃないのだ。
何が「そうじゃない」のかは分からない。
ただ、孝太にも話したとおり「何も思いつかない」のが現実だ。
自分が何をしたいのかが、分からない。
それが見つかる保証もない。
それでも、もう少しだけ、時間がほしかった。

◆◇◆

集落の女性陣を中心にして作製された給食弁当での楽しい昼食会のあと、軽い食休みを挟んでの、ドッジボール大会である。

参加者は主に集落の男性陣で、若手は孝太と秀人、それから陽くらいだろうと思っていたのだが、涼聖、それから陽と一緒に過ごすうちに挨拶をしたことがある琥珀と伽羅も参加だった。

ドッジボールの組分けは聞いていたとおりくじ引きで行われ、その結果、後藤と正也、孝太、伽羅が同じ組で、陽と琥珀、秀人、涼聖が別の組になった。

「ああ、琥珀殿と違うチームになるなんて。まるでロミオとジュリエット、引き裂かれた二人ですね！」

伽羅がやたら演技がかった様子で言うのに、

「おおロミオ、あなたはなぜロミオなの？」

涼聖が女性の声音を真似て言う。

「もー！　琥珀殿って言ったじゃないですか！　涼聖殿のごついジュリエットとか、想像したくないです！」

伽羅がわざとキレて返せば、

「勝って本物のジュリエットを返してもらうっスよ！」

孝太がノリで被せてくる。

そんな茶番で一笑いあったあと、チーム代表のジャンケンでどちらのボールスタートかが決まり、試合が始まった。

最初のボールは、陽たちのいるチームからで、ボールを持った関が投げ込んでいく。

「……は？」

自陣に投げ込まれてきたボールに、正也は戸惑う。

それは「高齢者のレクリエーション」で行うドッジボールとは思えない球威《きゅうい》の、何なら空気を切り裂く音まで聞こえそうなものだったからだ。

それを投げたのが若い秀人や涼聖と言うなら分かる。

だが、後藤とさして年齢の変わらぬ関だ。

しかし戸惑っている場合ではなかった。難なく受け止めた孝太が、真っ先に狙ったのは陽である。

それも、ド本気の球威で。

危ないと思ったが、さすがに子供はすばしっこい。さらっとかわし、ワンバウンドになったボールを秀人が摑んで、やはり本気で投げ込んでくる。

戸惑っている余裕はやはりなかった。

殺《や》らねば殺られる、レベルの勢いのドッジボールは、気を抜けば狙われて終了だということだけは分かった。

「陽ちゃん頑張ってー」

呑気なのは観戦する女性陣で、アイドルのコンサートで見かけるような応援うちわを持って、試合を楽しんでいる。

そうこうする間に、ボチボチとアウトになる面々が出てきて、両陣営の空気の殺伐さが増していく。

陽のいるチームの大前が自分に回ったボールを、孝太を狙ったと見せかけて、後藤へと投げてきた。

相変わらずな球威のそれに、

「危ない！」

とっさに正也は後藤を庇って被弾した。

そのボールを自陣の誰かがノーバウンドのまま捕ればアウトを免れるのだが、ボールはそのまま外に出てしまい、正也はアウトになった。

「後藤の若、アウトー」

審判がアウトを宣言する。どうやら、後藤と同じチームにいるので正也のことは、後藤に比べて若いほう、という意味で「後藤（若）」となっているらしいのが分かった。

アウトになった面々は、外野に回るのではなく、応援席に座って試合を見守ることになっていて、その席に着くと、早々に――陽のチームでは真っ先に――アウトになっていた琥珀が声をかけてきた。

「ボールが当たったところは大事ないか？」

それに正也は頷きつつ、空いていた琥珀の隣に腰を下ろした。

「ああ、大丈夫。だが子供や高齢者が行うにしては、このドッジボールはちょっと危ないように思うんだが」

そう聞いた目の前で再び後藤が狙われた。

それに正也は息を呑んだが、後藤は難なくボールを掴み取ると、お返しとばかりに、他の面々と同じく年齢に見合わぬ球威で、関に狙いを定めて投げ返した。

まさか自分の父親までもそんな機敏に動けると思っていなかった――なんだかんだ言って関や佐々木たちは未だ現役で働いている――正也は驚いていると、

「皆、遊び慣れておいでだから、心配はいらぬ」

微笑みながら、琥珀は言った。

試合は一進一退だったが、最終的に陽のチームが勝った。

「こはくさま、かったよー！」

笑顔で陽が琥珀のもとに駆け寄ってくる。そしてそのまま、一回戦目の勝利を祝っているのを横目に、負けた孝太は、

「ハーイ、集まってー、作戦会議するっスよー」

自軍を集めて作戦会議である。

「やっぱり陽坊を早めに仕留める必要があるな」

佐々木が言えば、

「とはいえ的が小さいし、すばしっこいから、なかなか当たらん」

後藤も真顔で頷きながら返している。

勝負がかかれば、アイドル孫にも容赦ないおじいちゃんたちである。

その様子に戸惑っている正也に、

「びっくりしたっスか？」

孝太が笑顔で話しかけてきた。

「ああ、そうだな。正直、かなり驚いている。……大概、高齢者ばかりが参加だ。危なくはないのか？」

琥珀にも同じことを聞き、大丈夫だと言われたが、それでも心配で、孝太の意見も聞きたくて尋ねたのだが、

「参加してるのはみんな、フィジカルエリートとか、そこを目指してるおじいちゃんたちだから、心配ないっスよ」

やはり笑顔で返してきた。

「フィジカルエリート？」

その中の聞きなれない単語を聞き返すと、

「あー、見てもらったほうが早いかなー」

そう言うと携帯電話を操作し、何かの動画を出すと、正也に見せた。

「今年の雪合戦っス」

雪の降り積もった空き地――田んぼだろう――に戸板の防御壁を立てた両陣営が、雪合戦をしている。

今日のドッジボールメンバーも大半が参加しているのだが、飛んでいる玉の速度があきらかにおかしい。

高齢者の速度ではない。

「春から秋のドッジボールと、冬の雪合戦。それに勝つために、じいちゃんたちは体を鍛《きた》えてるんス。プロテイン常飲っスし、散歩にアンクルウェイト常時着用だったりもするんス。中にはガチめなトレーニングマシン買ったじいちゃんもいるっス……関さんっスけど」

孝太はやや遠い眼差しで言う。

「……うちの、親父もか」

「もちろんっス。家にプロテイン置いてないっスか?」

あった。

キッチンにチョコ味とミルク味が。

秀人のものだと思っていたが、後藤のものらしい。

「なんで、心配ないっスよ。雪合戦に比べて、足元滑ったりしない分、ドッジボールのが安全っスから」

孝太が言った時、

「休憩終了一分前ー、両陣営、コートに入ってくださーい」

審判が声をかける。

それに、コートチェンジしてコートに入ると、ばらけてポジションにつく。その中、

「正也、わしが狙われても庇わんでいい。残りの体力的に、おまえが残ったほうがええ」

後藤が正也に声をかけ、勝負にガチな助言をする。

「そうっスね。フィジカルエリートといえども、持久力がないっスから」

聞いていた孝太も、やはりガチめに返した。

それに、ああ、と返したものの、

——思ってたのと違う——

まだまだ戸惑いを拭えない正也だった。


結局試合は、三回戦までもつれ込み、後藤たちのチームが勝った。

「「ぅおっしゃぁぁぁぁ！」」

雄たけびを上げる生き残りの孝太、佐々木の師弟コンビと、負けても笑顔で「あてられちゃったー」と言っている最後の生き残りだった陽が、握手をして終わるという感動的な最後で競技は

終わった。

整備体操として全員でラジオ体操のあとは、各展示の片づけなども手伝って、今日の登校日は無事終了したのである。

◆◇◆

「あ、あ…」

翌朝、目覚めた正也は起きようとして、体のいたるところに走る痛みに呻いた。

何のことはない、筋肉痛である。

起き上がるのにさえ一苦労で、ノロノロとしか動けずにいると、

「正也、飯ができとるぞ。まだ寝とるのか」

そう言って後藤が客間の引き戸を開けた。そして、布団の上でパジャマを脱ぐのにも一苦労、といった様子の正也を見て、

「筋肉痛か」

半笑いで聞いてきた。

「見れば分かるだろう……」

苦い顔で返す正也に、

「待っとれ、湿布薬を持ってきてやる」

後藤はそう言うと、湿布を取りに向かい、ややしてから戻ってきた。

「貼っとけば、そのうちマシになるじゃろ。どこに貼る？」

「とりあえず背中に貼ってくれ。腕や足は自分でも貼れる」

「背中と腕と足か。全身じゃな。じゃから参加が決まった時に、今からラジオ体操でもしとけと言っただろう」

言いながら後藤は正也の背中に湿布を貼っていく。

「親父は、大丈夫なのか」

貼ってもらいながら正也が問うと、

「まあ、日頃から運動しとるからな。多少二の腕が張るくらいのことじゃ」

平気な様子で言ってくる。

昨日孝太が言っていた「フィジカルエリート」という言葉が脳裏によみがえってきて、納得せざるを得なかった。

「ほれ、終わりじゃ」

背中と、左手では貼りづらいだろうからと右腕まで湿布を貼ったところで、後藤は正也の背を叩き、立ち上がる。

「さっさと着替えて飯を食いにこい」

そう言うと客間を出ていった。

貼ってもらったばかりですぐに効くわけでもなく、正也はのろのろとした動きで残りの湿布を貼り、着替えてから朝食を食べに行くと、ダイニングテーブルの上に正也の分の朝食が残されていた。

パンと目玉焼きと味噌汁。

パン食の時でも味噌汁が出てくるのは、母親が生きていた頃からだ。

東京に出てからは、一度としてなかった組み合わせが懐かしかった。

それを食べ終え、自分の食器を洗いあげると、正也は後藤のいるリビングに移った。

「っ…たた…」

こたつ布団の外されたこたつ机に座るのさえ筋肉痛で声が漏れる。それに後藤は笑う。

「運動不足が祟っとるな」

「忙しいんだ、いろいろ」

「秀人も来てすぐ雪かきに駆り出された次の日は一日動けんようになっとった」

その後藤の言葉で、秀人のことを思いだした。

「秀人は、出かけたのか」

「ああ。今日はレンタルハウスに泊まり客が来る。その準備があるからな」

返ってきた言葉に、そうか、と返しながら、少し前なら秀人の不在に、話もできない、と怒っていただろうはずなのに、秀人の不在を聞いても、そうか、としか思わない自分に気づいた。

もちろん、昨日の疲れと筋肉痛でそれどころではないのも事実なのだが、秀人と顔を合わせても、今後どうするのか問うことをしなかった。

少し時間を置いたほうがいいと判断したということもあるが、どちらかといえば、陽だ。

陽がどうすれば逆上がりをできるようになるのか、指導方法を検索しては試すのに忙しかったのだ。

いろいろと試してみたが、まだ陽の逆上がりは成功していない。

おそらく腕力がまだ足りないのだろうというのが達した結論だ。

後藤は開いていた新聞を閉じると脇に置き、

「おまえは、なんでわしがかたくなにここを離れようとせんのかと思っとったじゃろ」

静かに切り出した。正也は、ただ頷いた。

「離れられん理由は、単純に、わしの我儘《わがまま》じゃ。……ここで生まれて育って、ここしか知らん。今さら、どこにも行けけん」

「そんなことは……」

「……おまえが、わしを心配して、そっちへ呼んでくれようとしとるのは分かる。母さんが死んだ時、東京におったら看取れた、そう思うたんじゃろ？」

後藤の妻はがんを患い、入退院を繰り返していた。正也はその時に、東京への転院をしきりに勧めていたが、当の本人が拒絶した。

忙しい正也の手を煩わせられない。

東京に行ってしまったら、集落の友達とも会えなくなる、と。

死ぬなら集落で、と決めているように、後藤には思えた。

だから、説得することはしなかった。

最後は、免疫が落ちたことで風邪をこじらせ、肺炎を併発して、亡くなった。

あまり苦しむ様子はなかったが、抗がん剤治療でがんは落ち着いていた頃だったので、思いもしない急な死だった。

危ないと言われてすぐに連絡を入れたが、正也は間に合わなかった。

「それじゃから、わしだけでも、と、そう思ってくれとるんじゃろ」

淡々と話す後藤の言葉に、正也は頷くことはなかった。

だが、違うとも言わなかった。

うすうす、正也がそう思っていることに、後藤も気づいていた。

しかし、あまりに親子関係は衝突が多く、素直に認めることができなかった。

憐れみ、情けをかけられているのかもしれない、もしくは、一人息子としてのただの責任感や世間体かもしれないと――認めることが難しく、曲解することで自分を保とうとした。

だが、陽が、

――おうちでひとりだと、さみしいでしょう？――

血縁関係などなくとも、たったそれだけの理由で、毎日園部に会いに行っていたと佐々木の作業場で聞いた時、これまで認めてこなかったことが、ストンと腑に落ちた。

何がどうという理屈ではなく、ただ、ああ、そうかと、思えたのだ。

「おまえの気持ちは嬉しいが、わしはここを離れられん。……すまんな」

後藤は何の気負いもない様子で謝った。

後藤の謝罪など、聞いたことがなかった。

それよりも、その気負いのなさに、正也の胸が震えた。

「……親父が…もっと一人で、寂しく暮らしてるかと思ってた」

呟くように返した正也に、

「意外と充実しとるじゃろ？」

後藤は笑って言うと、脇に置いた携帯電話を取り出し、

「アプリで繋がっとくか？」

と、慣れた様子で自分のＱＲコードを呼び出す。

正也も自分の携帯電話を取り出し、後藤のＱＲコードを読み込みながら、

「なんでそんなに使いこなしてるんだ……」

言いながら友達登録をして、適当なスタンプを送っておく。すると、すぐに後藤からもスタンプが送られてきて、

「孝太くんがいろいろ教えてくれたんじゃ。クラウドも使うとるぞ。ほれ」

ささっと操作をして、クラウドに上げてある写真を見せてくる。

花などを撮った写真もあるが、ほとんどが陽で、

「陽くんばかりだな」

正也が言えば、

「集落連中の携帯電話の中身はほとんど陽坊の写真じゃ、アイドルじゃからな。ほれ、これをおまえに送ってやろう」

後藤はそう言って、先ほど繋がったアプリに一枚の写真をアップする。

それは正也が見たことのない笑顔で、陽と雪まみれで遊んでいる秀人の写真だった。

8

その日、仕事を終えて秀人が帰ってくると、倉橋が夕食準備を始めていた。

「あ、倉橋先生、俺がやりますよ」

「じゃあ、手伝ってくれる？　ていうか、俺が手伝いに回るよ」

倉橋はあっさりと、夕食準備の主な作業を秀人に回す。

それに秀人は笑いながら、了解です、と返し、置いてあったエプロンを着けた。

倉橋は料理ができないわけではない——だからこそ、夕食準備を始めていたのだ——が、秀人のほうが手際がいいので、任せることにしたのだ。

任せられる人がいる時は任せる。

激務を乗り越えるための鉄則である。

「何作る予定でした？」

「冷蔵庫にひき肉があるから、トマト缶を使ってミートソースパスタにしようかなと思ってたんだけど、煮込みハンバーグもいいかなって思いかけてたんだよね」

倉橋の言葉に秀人は冷蔵庫のひき肉を確認する。

「うーん、微妙な量ですね。ハンバーグが作れなくもないけど、小さめになる……と、お豆腐《とうふ》が

あるからこれでカサマシしたら一人前サイズのが作れますよ」

「そうすると朝のお味噌汁の具材がなくなるんじゃないかな」

「あー、その問題がありますね。じゃあ、初志貫徹でミートソースにしましょうか。あと、サラダを添えて……」

二人で食事の準備をしながら、秀人は、

「今日、父さんどうしてましたか？」

ひき肉を炒めながら聞いた。

「結構ハードな筋肉痛みたいだよ。陽くんが散歩に誘いに来たみたいだけど、さすがに今日は無理で断ってた」

と言う倉橋に秀人は苦笑した。

「ドッジボールも、そんなにハードなんだね」

病院の休みが合わず、未だ雪合戦もドッジボールも不参加の倉橋が言う。

「そうですね。俺も実は、ちょっと二の腕痛いんです」

「秀人くんでも？　そうなると、後藤さんの元気さが際立つね。秀人くんのお父さんが陽くんの散歩に付き合えない代わりに、後藤さんが一緒に行ってたよ」

「ホントに元気だなぁ、おじいちゃん」

笑って話しながらも作業は進み、小一時間ほどで準備ができた。

四人で夕食を取り、少し休憩をしてから、倉橋は出勤した。

倉橋を見送ってから、秀人は夕食の後片づけをし、二階の部屋に戻る。

正也から話があると声がかかるかと思っていたが、正也は後藤と一緒にテレビを見ていて、秀人のことを特に気にしていない様子だった。

というか、筋肉痛が酷くて、そっちに気を取られているのかもしれない。

食事の時も、立ったり座ったりする時に、いちいち声を漏らしていたくらいだ。

——話は筋肉痛が落ち着いてから、かな……。

正也の滞在予定も半分を過ぎた。

話をせずに帰るなどというのはあり得ないから、いつ、話をすることになってもおかしくない。

——俺は、どうしたい？

繰り返し、自分に問いかけた言葉だ。

けれど、答えは出ないままだった。


お茶を飲みに階下に下りると、風呂から出た後藤が居間でテレビを見ていた。

「おじいちゃん、俺、お茶飲むけど、おじいちゃんは何か飲む？」

「そうだな、茶をもらおうか」

声をかけると、そう返事があり、秀人は二人分のお茶を淹れて後藤のもとに向かう。

「はい、どうぞ」

後藤の前に一つ置き、秀人はそのまま腰を下ろした。

「すまんな」

後藤は言いながら、両手で湯呑を包み込み、秀人を見た。

「正也が風呂から上がったら、そこの引き出しから湿布持っていって、貼ってやれ」

「わかった」

そう返事をし、秀人はテレビに目を向ける。

地方ローカルの情報番組で、新しくできた店の紹介をしていた。

「ほお、うまそうな団子が売っとるな。陽坊が好きそうじゃ」

「ああ、ホントだね。へぇ、イートインだと白玉あんみつとかあるんだ」

秀人が返すと、

「おまえ、今度連れていってやれ」

どこまでも陽に甘い後藤が勧める。

「じゃあ、孝太くんと三人で行ってくるよ。それでお土産買ってくる」

そんなことを話していると、脱衣所のドアが開く音がした。

「上がったようじゃな」

「うん」

そう返事をしたものの、秀人はすぐに立ち上がらなかった。

行けば、きっと、話をすることになる。

まだ、何も分からないのに。

でも、おそらく正也がいる間に答えが出るとも思えない。

それなら今でも、何も変わらないのだ。

——けれど、きっかけがなければ、立ち上がれなかった。

少しするとテレビがＣＭに入った。

「じゃあ、行ってくる」

秀人は立ち上がって薬箱代わりに使っている水屋箪笥《みずやだんす》の引き出しを開け、そこから湿布を取り出すと、正也のいる客間へと向かった。

「父さん、入るよ」

廊下から声をかけると、ああ、と返事があった。

引き戸を開けて中に入ると、正也は携帯電話を取り出し、誰かにメッセージを打っていた。

「おじいちゃんが、湿布貼ってやれって」

「ああ、そうか。ちょっと待っててくれ。もう、打ち終わる」

その言葉通り、一、二分で正也は作業を終えた。この時間だから相手は仕事の関係者ではないだろう。

考えられるのは友人か、母親だ。

だが、相手が誰とは聞かなかった。

「頼めるか」

正也はそう言うと着ていたパジャマの上着を脱いだ。

「どこに貼ればいい？　背中はマストだと思うけど」

「背中の上のほうで、左右に一枚ずつ、それから右腕にも貼っておいてくれ。あとは自分でできる」

その正也の言葉に、

「それ以上、どこに貼るの？」

秀人は少し呆れて聞いた。

「腿裏と左腕だ」

「満身創痍だね。ついでに左腕も貼っとくよ」

返ってきた言葉にそう言いながら、秀人は持ってきた湿布薬の袋を開け、言われたとおりに貼っていく。

「はい、終わったよ」

「おお、助かった」

正也は言ってパジャマを着直した。秀人は湿布の剝離シートをまとめてゴミ箱に捨て、このま

ま何事もなく、部屋に戻れるかな、と思ったのだが――、

「今、時間はあるか」

正也はそう聞いてきた。

胃の底のほうがざわついたが、ある程度覚悟はしていた。

「うん、平気」

そう返してから、正也が口を開くより先に、

「何の相談もなく仕事を辞めたことに関しては、悪かったと思ってる、本当に。……でも、あそこで仕事をしていくことへのどうしようもない違和感が、耐えられなかった」

そう言って、身構える。

『そんな甘えたことばかり言っていたら、どんな仕事もできるようにならないだろう！』

いつもの正也なら、そう怒鳴ったはずだった。

だが、秀人の言葉の続きを待つように、ただ黙っていた。

「……仕事の内容が、気に入らないとか、嫌だとか、そういうわけじゃなかった。ちゃんとこなせてたし、業務内容として何も問題はなかったよ。問題ないはずなのに、毎日、自分の中で何かが削られていくような感じがしたんだ。……何が削られてるのかは、分からない。それに慣れるまで待てばよかったのかもしれないけど、削りカスみたいになった俺は、果たして俺なのかって
……そんな考えにとらわれて、でも、相談したら絶対に止められるって分かってたから、相談で

きなかった」

分かっていたのは、それだけだ。

とにかく、一人で考えたかった。

その時間と場所がほしくて——けれど、自分の手持ち資金を考えれば、行先は限られる。

大学時代の同期や先輩を頼ることも考えなかったわけではない。

けれど、いつ答えが出せるとも分からない状況で頼るわけにはいかなかった。

だから、ここに来たのだ。

「自分がどうしたいのか、どうするつもりなのかはまだ分からない。『生活に必要な収入を得るため』だって割り切っての仕事にならすぐに復帰できると思う。……でも、今はまだできない。というか、したくない」

甘ったれた言葉だと思う。

この歳になってまだ自分が見えていないなんて。

「自分探し」なんて一時期流行った言葉を、どこか馬鹿にして聞いていた覚えがある。

まだ学生だった頃だ。

与えられる課題をこなして成績を上げることに必死で「いい成績を取ること」が自分の存在意義で、考えることもなかったのだ。

そんなことで悩むのは、向上心のない、適当なところで勉強でもなんでも手を抜いて時間を持て余した人間だけだと。

今なら、それは秀人が思っていた意味の言葉ではないと分かる。

自分ではない、誰かの価値観で生きるのではなく、自分の価値観を見出すこと。

それが、多分「自分探し」なのだ。

親の期待、という、他人の価値観。

それを達成することが目標だった。

就職してからは、上司の価値観、職場で出世するためのレースに勝ち抜くための必要事項、それらをそつなくこなすこと。

それが、違和感なく自分の中に入ってくれれば、秀人は今もあそこで働いていただろう。

でも、違ってしまった。

違うと気づいた時、自分の中に何もないのが分かって、怖くなった。

「……おまえは、逆上がりはできるのか?」

少しの沈黙のあと、正也は突然聞いてきた。

何の脈絡もない問いかけに、秀人は戸惑いながら、

「できるよ」

短く答えた。

「いつできるようになった」

またすぐに問いが返ってくる。

「小学校低学年……二年の頃かな、体育の授業の課題で、練習してできるようになった」

記憶をさかのぼりながら返しつつ、なぜこんなことを聞いてくるのだろうと秀人は思った。

「……おまえの成績は知っていた」

正也はそう言うと、静かに続けた。

「成績表に数字として表れる『秀人』のことは知っていた。テストの点数、模擬テストの順位、塾での成績、合格判定の数値……それだけを見て、おまえを知ってると、おまえの全部を把握してると思っていた」

そう言うと少し間を置き、やや苦い顔をした。

「だが、いつ、どんなことができるようになったのかも知らないし、子供の頃になりたいと思ってたものが何かも知らない」

ここにきて、思いがけず陽に懐かれ——単純に集落外から来た人物が珍しいのと、「秀人の父親」ということで無条件に信頼してきたのだろう——過ごすうちに、自分が陽にかけたような時間を、秀人にはかけてこなかったことに気づいた。

「高給の、安定した職に就けるようにしてやれば、それが幸せに繋がると思っていた」

正也は、大学の進学を機に東京に出た。

日本がバブル景気で沸いていた頃だ。

いろいろなことがカルチャーショックだった。

現在もだが、当時は今よりももっと「金がものをいう」時代だった。

金がなければ、コネだ。

後藤家は、この周辺では名の通った家柄だった。

だが、東京で通用するほどのものではない。

ましてや、コネもなかった。

遊びほうける同期を横目にひたすら勉強をし、友人たちの中ではただ一人、一流と言われる企業に入った。

そのおかげで、バブル経済が崩壊したあと、数人の友人がリストラの憂き目にあったなどという中でも、安定した基盤の上で生活を築くことができた。

「おまえには、俺がしたような苦労はさせたくなかった。早い段階から、いろいろなことを身に付けさせて、友人付き合いも、今後のプラスになりそうなものと、そうじゃないものとを線引きして、意図的に習い事などで遠ざけさせた。それが、なんらかの形でおまえのためになると思っていたからだ」

安定した職にさえ就けば、その後の人生は楽になる。

そう信じていた。

正也の言葉に、秀人は頷いた。

「うん……。小、中で一緒だった奴が、俺が仕事辞めたって聞いて、うちの会社に来ないかって声かけてくれたりしたよ。それは、本当にありがたいと思った。そうやって、気にかけてくれるってこと自体が」

そう言ってから少し間を置いて、秀人は続けた。

「子供の頃から、勉強するのが嫌だったってことはないんだ。塾でも、習い事でも、一番に立てた時は嬉しかったし、じゃあ次もって、分かりやすい目標だったから。進学先にしたって、特別希望があったわけじゃない。……正直に言えば、将来なりたいもの、なんて保育園とかそのくらいの頃に、戦隊もののヒーローになりたい、みたいなそういうレベル以外だと、本当になかった」

小学校に上がる前には、もうテレビの「中」と「外」のことに気づいていた。

変身も、魔法も、存在しないと分かっていた。

「学校の作文だとか、卒業文集だとか、そういうので、将来の夢、みたいなの書かなきゃいけなくなった時に、悩むレベルで夢がなかった。俺にとって夢って、叶えなきゃいけない目標みたいなイメージだったから」

プロ野球選手、サッカー選手、総理大臣、ざっくりと社長になりたい、とか、そんなことを気軽に書いている同級生を見て、現実的に考えて「なること」のできる確率の低いものを書くことに意味があると思えなかった。

「一生の目標にするような夢なんか全然なくて、父さんの言うとおりに勉強しておけば、将来なりたいものができた時の邪魔にはならないし、選択肢が広がるって意味ではプラスだと思ってた。だから、父さんが敷いてくれるレールの上を走るだけでいいのは、ある意味で楽だったんだ。自分で、考えなくていいから。……就職が決まった時は、俺自身、これでハズレのないルートに入ったって思ってて、実際、働いてみるまで、自分にあの場所が向いてないなんて一つも思わなかった」

今でも、あの職場の何が嫌だったのか分からない。

自分が、何を好きで、何が嫌なのかすら、分からないのだ。

「自分が、どんなことをしたくて、どんなことが向いてるのか……そういうことを全部、人任せにしてきたツケを、今になって払ってるんだと思う。こればっかりは、もう父さん任せにしちゃいけないと思う。そうしたら、また同じことを繰り返す」

それだけはできないし、したくないと思う。

なんのために仕事を辞めたのか、分からなくなるようなことはできなかった。

「これから何か始めるにしても、知識やスキルに関しては、そうそう他人には負けないってものを身に付けさせてもらってるから……、ここまでしてやったのにって、父さんは思うかもしれないけど、答えを出すまで、もう少し待っててほしい」

秀人はそう言って、頭を下げた。

その秀人を見ながら、正也は小さく息を吐いた。

「親父に甘えて、部屋に引きこもってるっていうんじゃないだけ、安心して帰れる」

それは、譲歩したというのでも、諦めたというのでもない、すべて秀人に任せると伝わってくる口調だった。

「正直、俺も、意外に思ってる」

秀人はそう言って少し苦笑してから、

「ここに来るまでの電車とかバスとか、その中では本当に鬱々《うつうつ》としてて……とにかく静かなところで一人で考えたいとしか思えなかったんだ。引きこもって、一人でって。でも、引きこもる隙がなかった。来てすぐ、陽くんと友達になったし」

陽の名前が出て、正也は妙に納得した。

「雪が積もり始めたら、しょっちゅう孝太くんがシャベル二本持って『雪かき手伝ってー』って来てたから……疲れて考え事する間もなく、夜は寝てた」

笑いながら言う秀人に、雪かきの過酷さを身をもって知っている正也は、ただ笑った。

◆◇◆

二日後、正也は東京に戻ることにした。

あと一日二日はいられるのだが、秀人と話ができたし、来るときに思っていたような——いますぐにでも東京に戻して、再就職させるというような——成果ではないが、今はあれでいいと思えた。

だから、話し合いの翌日に戻ることもできたのだが、できなかったのは単純にまだ筋肉痛が残っていて、動くのが億劫だった。

もちろん、それならギリギリまでここに残ってもいいわけだが、倉橋が、

「明日なら、俺夕方から勤務ですから、駅まで送れますよ」

と言ってくれたので、それに甘えることにしたのだ。

正也が帰ると聞いて、近所の住民もだが、陽と孝太も見送りにきた。

陽は、

「こんどはいつくるの？　なつにくる？　なつにきたら、カブトムシいっぱいとれるところ、おしえてあげるね」

全身全霊善意の笑顔で言ってくる。

「夏は、どうだろうな」

真夏に陽の散歩に付き合うのは、中年と言ってまったく問題のない正也にはかなり過酷な案件に思えたので返事を濁す。

「じゃあ、ふゆにくる？　ふゆになったら、みんなでゆきがっせんするよ！」

やっぱり全身全霊以下略なのだが、「雪合戦」というキーワードで正也の脳裏に浮かんだのは、孝太の携帯電話で見せてもらった、あの剛速球の飛び交う雪合戦動画である。

――あれに参加……。

そう思うと、正直半笑いになる。

「まあ、仕事の都合じゃな」

そう助け船を出したのは、後藤だった。

「正也が次に来たら、また相手してやってくれ」

後藤は陽の頭を撫でながら言う。それに陽は頷いた。

「うん！　ボク、それまでに、さかあがりいっぱいれんしゅうして、できるようにがんばるね」

何度やってもうまくできなくて、それでも投げ出さずにできるところが、この子の良さなんだろうと正也は思った。

「そろそろ行きましょうか」

腕時計を見た倉橋が言うのに、正也は頷き、倉橋の車に乗り込む。

独り身であるはずの倉橋の車の後部座席にチャイルドシードが取り付けられているのには少し驚いたが、特に聞かないことにした。

助手席に乗り込み、窓を開ける。そして、後藤に、

「親父、体には気を付けてくれ」

そう言うと、後藤は頷きながらも、

「今日もまだ筋肉痛が残っとるおまえに、言われたくはないがな」

笑って返してきた。

「じゃあ」

手を振ると、それを合図にしたように、倉橋が車を動かした。

バックミラーに映る、手を振る見送りの人たちの姿がどんどん小さくなり、やがて消えた。


「親父さん帰ったっスね」

孝太が言うのに、秀人は頷く。

「帰ったね」

秀人と正也の様子から、想像したような修羅場がなかったことは孝太も分かっているだろう。

それだけで、詳しいことは聞こうとしないのがありがたかった。

「冬に来てくれたら、本当にこっちチームの戦闘員増えて、ちょっと楽なんスけどね」

雪合戦要員に引き込む気満々の孝太の発言に、

「いや、正也は年齢的に、もうこっちじゃろ」

後藤は後藤で自軍に引き込む気で言う。

「えー、まだこっちっスよ」

と言う孝太との間で、果たして何歳からがオールドブラザーズ入りなのかについての議論がされたのだった。

9

その週末である。

土曜の診療は午前で終わり、昼食を挟んで、二軒の往診をすませた涼聖が、琥珀たちとともに家に帰ってきたのは三時過ぎのことだった。

「おかえりなさーい」

「おかえりなさいませ」

笑顔で伽羅とシロが玄関に迎えに出てくれるのも、いつものことだ。

「ただいま！　きょうのおやつ、なに？」

お菓子大好き星人は真っ先に聞いた。

「今日はワッフルですよー。チョコレートシロップとメープルシロップの準備もしてます」

「りょうほうつけてたべたいなぁ……はんぶんずつ、つけてもいい？」

「もちろんです」

返ってきた言葉に陽は、やった、と小さく跳ねた。

「じゃあ、お手々を洗ったら、居間に集合してくださいね」

伽羅が言うのに、陽はシロを肩に乗せて、一緒に洗面所に向かう。

そのあとから涼聖と琥珀も玄関に上がり、一旦それぞれ部屋に荷物を置き、手を洗って居間に向かう。

涼聖が居間に入ると陽がシロと一緒にワッフルを食べていた。

「陽、シロ、美味しいか？」

涼聖が問うと、二人は笑顔で頷く。

「そとがわがカリッとやけてて、なかはふわっふわなの」

「われは、このはしのぶぶんの、カリカリのところに、しみたメープルのあまさがなんともいえず、おいしいです」

それぞれに好みの範囲は違うのだが、共通して美味しいらしい。

少しすると琥珀が手を洗って居間に現れ、すぐに伽羅が琥珀の分のワッフルを持ってきた。

「琥珀殿、お好きなだけこちらを付けてくださいね。涼聖殿の分は今焼いてますから」

「おう、悪いな」

「どういたしまして」

一度に作りあがる個数が限られるものの場合、出す順番は食べるのが遅い順に早く出すのが、なんとなく決まったルールのようなものだ。

陽とシロは無心に食べるが子供だから食べるのが遅いし、琥珀は基本、なんでも深く味わって食べるのでゆっくりだ。

涼聖は、最近でこそ少し改まってきたが、救命医時代の早食いの癖があるので三番手、最後は作り手の伽羅ということになっている。

もちろん、涼聖が作り手に回ることもあるので、その時は後ろ二人が交代するが、基本的な順番は変わらない。

伽羅が自分の分を焼いて居間につくと、陽は三分の二まで食べていて、シロはお腹いっぱいで食べ終えていた。

伽羅は自分の分を、まず何もつけずに切り分けて一口食べると、

「うん、思った感じの食感に仕上がってますね、いい感じ」

自画自賛する。

「すごくおいしいよ！」

「はい、とてもおいしかったです」

陽とシロがすかさず言うのに、伽羅は笑顔を見せながら、

「二人のお墨付きなら安心ですねー。今回、いつもと粉の配合量を少し変えたんでちょっとだけ心配してたんですよー」

相変わらず凝り性を発揮させているらしいことを忍ばせる発言をしてから、

「陽ちゃん、シロちゃん、食べ終わったらお泊まりの準備しましょうか」

と声をかける。

それに二人は笑顔で頷く。

今夜、陽とシロは伽羅の家に泊まりに行くのだ。

これまでにも、二人が伽羅の家に泊まりに行くことはあった。特別、何かがあるわけではないのだが、いつもと違う場所で寝る、というだけでも陽とシロにとってはワクワク行事なので、伽羅が声をかけると喜んで行っている。

今日は夕食のあと、伽羅の家に行き、風呂も伽羅の家ですませるらしい。

帰ってくるのは明日のお昼前。

戻ってきたら、街まで買い出しに行く……といういつもの流れになる予定である。

「パジャマと、ねるまえによんでもらうえほんをえらばなきゃ」

「あとで、いっしょにえらびましょう」

楽しそうな陽とシロの様子を、大人組は微笑ましく見つめた。


「じゃあ、こはくさま、りょうせいさん、いってきます。おやすみなさい」

「おやすみなさいませ」

今日の夕食は六時に食べ始め、七時には食べ終えた。陽とシロが早く伽羅の家に行きたいだろうから、片づけは涼聖が買って出たため、七時を少し回った頃、陽たちは伽羅の家へと向かうことなった。

伽羅の家まで、昼間ならば陽でも歩いていくのだが、夜だし——もっとも陽はもともとが狐なので、人の姿をとっている時も夜目は利くため、ナイトピクニックと洒落こむのもいいのかもしれないが——早く伽羅の家に着きたいだろうから、今回は裏庭に作ってある「場」を使って、伽羅の家まで飛ぶことにした。

「じゃあ、明日、お昼前に戻ってきますから。おやすみなさーい」

伽羅がそう言うと、きらめく光が三人の周りを覆い、それがすっかり三人を包みこんだ次の瞬間には、すべてが消え、そこにはいつも通りの、ただの裏庭があった。

「いつものことだけど、やっぱすげぇな……」

「夜だと尚のこと見事だろう」

琥珀はそう言ってから、

「涼聖殿、私も片づけを手伝おう」

この後まだ残っている夕食の皿洗いの手伝いを琥珀は申し出てくる。

「ありがとな。けど、大丈夫だ。おまえはゆっくりしててくれ」

いつもは伽羅の厚意に甘えて任せきりにしてしまっているが、涼聖とて一人暮らしをしていた期間がそれなりにあるので、生活スキルはそこそこある。

今夜の夕食は涼聖も伽羅と一緒に作っていたため、手の空いたほうが使った調理道具を洗うようにして作業したので、残っているのは本当に夕食時に使った食器類だけだ。

そのため、数もさほどないので断ったのだが、琥珀は不服そうな顔をする。

「そなたも伽羅も、私にはできぬと思っているのだろう」

「気遣ったのに、まさかのご立腹か？」

「怒ってはおらぬ」

そう言うがどこか拗《す》ねたような雰囲気がある。

琥珀は、家事スキルはさほど高くない。

基本、電化製品と相性が悪い――というか、最初期に電子レンジによるホットミルクの吹きこぼしという反乱を数度にわたって起こされ、トースターには三回に一度はこんがりがすぎるきつね色に仕上げられるという焼き討ちにあって以来、苦手意識が強い。

加えて、肌が繊細らしく、皿洗いをさせようものなら、一度で手がガサつくのだ。

「ゴム手袋をすれば問題ない」

と琥珀は主張したが、

「そんなものを着けてまで、琥珀殿がお皿を洗う必要ないです！」

と伽羅が主張し、涼聖はどうしても琥珀に頼まなければならない時のことを考えて、食器洗浄機を導入した。

普段は伽羅が手で洗ってしまうので、基本乾燥機能しか使われていないのだが。

「じゃあ、俺が洗う間、話し相手になってくれるか？　一人で洗うってのもわびしいから」

涼聖はそう言うと琥珀の手を握り、台所へと向かう。

ただ手を繋いだだけで、戸惑う様子を見せる琥珀の初々しさには感動しかない涼聖である。

その涼聖は台所に入ってから、すぐ、あることを思いだし、琥珀を台所に待たせて風呂場へと向かった。

「涼聖殿、風呂場に何をしに？」

問う琥珀に涼聖はシンクに向かいながら、

「湯を落としに行ってきた。お湯が張れたら、これがまだ洗い終わってなくても、琥珀、入ってこい」

そう告げる。

「まだ、早いと思うが……」

時刻は七時を回ったところだ。いささか、普段の休日よりも入浴時刻は早い。

「風呂を早めにすませたほうが、そのあと長くイチャつけるだろ？　今日は俺とおまえしかいないんだし」

涼聖が言うのに、

「おまえは、馬鹿か」

琥珀は悪態をつくが、耳まで赤い。

「おまえに関したことなら、すぐに馬鹿になる自信はあるな」

笑って言う涼聖に、琥珀は「度し難い馬鹿だ」と居心地が悪そうに呟いた。


八時半を回った頃には二人とも入浴を終えていて、こんな早い時間から二人きりになれるのも珍しく、涼聖の部屋のベッドに腰掛けながら他愛のない話をしていた――はずだった。

「…っ、あ…、ァ……！」

体の中に入り込んだ涼聖の指が、優しく琥珀の中を擦りあげる。

感じることに慣れた体は緩やかな動きでも琥珀に快感を植え付けて、もっと強い刺激を得ようと指を締め付ける。

もう、何度涼聖とこうしたか分からないのに、恥ずかしさは常にあって、慣れることができない。

こうすることが嫌ではないのだ。嫌ではないのだが、自分がどうしようもなく浅ましい生き物になってしまったような気がしていたたまれない――というようなことを考えていられるのも、最初のうちだけだ。

琥珀の中が柔らかく蕩けてくると、涼聖は琥珀の弱い場所を繰り返しなぞる。

「ぁ、アッ……、ぁっ」

触れられている場所からグズグズに溶けていく感じがして、琥珀は頭を横に振った。

その様子を満足げに見つめながら、涼聖はさらにそこを、少しずつ力を強めて責める。軽くえぐるようにすると、琥珀の腰が浮いた。

「ふ、ッ……あ、あっ」

逃げようとする腰を涼聖はもう片方の手でしっかり捉えて、さらにいたぶった。

グジュグチュ、と響く淫らな音も琥珀の耳を犯して、羞恥でどうにかなりそうになる。

「ぁあああ……、ぃっ、んっ、っああ……っ」

息を乱しながら頭を振り、悲鳴にも似た声を上げる。

中でうごめく指は激しさを増し、それに琥珀の腰が小刻みに震えた。

「もう、イきそうか？」

涼聖の指を締め付ける内壁も時折不規則にヒクついて、達してしまいそうになっているのが分かる。

「う……っあ、ぁっ、あ！　や、め…あっあ！」

腰を摑んでいた涼聖の手が、勃《た》ちあがり蜜《みつ》を零している琥珀自身へと伸び、それを包み込むと緩やかに扱き出す。

中と外、両方に刺激を与えられては我慢などできなかった。

「あっあっ……いく…っ、ぁ、う……、ンっ、いく…」

がくっがくっ、がくっと腰を悶えさせ、琥珀は後ろで達した。それと同時に琥珀自身も達して蜜が噴き出した。

「ぁ…ぁ、…ん…、ぅ……」

不思議な浮遊感に包まれながら、絶頂の余韻で体が勝手に震える。

琥珀は力が入らなくて、呼吸に合わせて甘い声が漏れるのも止められなかった。

涼聖は痙攣を繰り返しながらまとわりついてくる内壁から、ずるりと指を引き抜いた。

「ん、ん、ぅ…は、ぁ！　あ、ぁ……」

その感触にも感じて、琥珀は甘くイってしまう。

しかし、指を引き抜かれた琥珀のそこは、刺激を与えてくれるものを欲しがるようにひくひくとうごめいた。

そこに、涼聖は自身の猛りを押し当てるとゆっくりと押し入る。

「あ、あ……っ」

中に入り込んでくる熱塊に、指でもてあそばれて敏感になった肉襞が喜ぶようにして震えているのが分かる。

誘い込むように収縮を繰り返す動きに、涼聖は奥まで入り込んだ。

「……っ、ぁ、あ」

「琥珀、そんなに締め付けるな。動けないだろう？」

苦笑しながら涼聖は言うが、もう自分でコントロールなどできなくて、琥珀はイヤイヤをするように頭を横に振る。

「あ、待て、動……っ」

キツく縋りつく肉襞を引きはがすようにして涼聖はゆっくりと腰を引く。

「――ぁっ、あ、あ」

一度後ろで達している体は、簡単に何度でも上り詰めて、悦楽の波が止まらない。琥珀は涼聖の背に縋りつくように手を伸ばした。

「ん――っ、あ、っあ」

漏れる甘い声にそそのかされるように、涼聖の腰の動きが少しずつ速くなる。

「ゃ……、あっ、あ」

頭の中でパチパチと何度も白い光が飛ぶ。

気持ちがよくて体中が溶けそうで、琥珀は必死で涼聖にしがみついた。

「う、ア、あ……! あ、あっ」

強くしがみついたせいで、二人の体の間で琥珀自身が挟みこまれた形になり、擦られてとんでもない刺激が襲ってくる。

「ひ…あ、…っあ、だめ、……だ、…あっいく、あ、あっ」

琥珀の腰が大きく震えて、琥珀自身が二度目の蜜を零す。それでも涼聖の動きは止まらず、蜜でぬるついた肌にさらにもみくちゃにされて、琥珀の絶頂が止まらなくなる。

「あ……ァ、あ……っ！」

「——っ、く」

めちゃくちゃに締め付けてくる内壁の動きに逆らうように、涼聖は一番奥まで入り込んでから、熱を放った。

「ぁ…あ、あ」

中に溢れる熱の感触に琥珀の体がカタカタと震える。それを感じながら、涼聖は繰り返し、奥の深い場所に先端をこすりつけて、すべてを放つ。

そしてそのまま引き抜こうとしたが、

「待っ…今、まだ……っ」

切羽詰まったような声を上げる琥珀の様子を窺おうと、少し体を離した瞬間、琥珀はまた達して、申し訳程度の蜜を自身から零した。

どうやら、達したまま戻ってこられないらしい。

「……そうは言うけど、俺も、大人しくはしてられないぞ」

煽るようにうごめく肉襞に包まれたままでは、このまま二度、三度、ということになる。もちろん、それはそれで涼聖としては喜ばしい事態なのだが、琥珀の負担的に一応まずいかなと思うのだ。

しかし琥珀は、

「それでも、今は……」

消えそうな声で、動くなと頼んでくる。

――動くなってのも、無理なんだけどな。

と思いながらも、

「分かった、けど、責任とれよ、琥珀」

涼聖は一応の承諾をして、その声に琥珀は小刻みに震えながら頷いたのだが――五分と持たずに琥珀は再び盛大にあえぐことになっていたのだった。


「それで、琥珀。おまえって、力は増えてんのか？」

致したのが早い時間だったので、夜中ではあったが、もう一度――今度は一緒に――簡単に風呂に入り直して、再びベッドに横たわってから、涼聖は傍らにいる琥珀に聞いた。

琥珀が閨房術《けいぼうじゅつ》云々で主導権を握ろうとしてきたのはあの夜だけで――それにしたって、完遂とは言い難いわけだが――、それ以降はいつも通り涼聖が、という形になっている。

琥珀は一瞬、何を言われたのか分からない、といった顔をしたが、すぐ、今さっき致したこととの関連を思い出したのか、少し頬を赤らめながら、

「……順調だ」

ぶっきらぼうに返してきた。

それが本当かどうか、涼聖には分からないのだが、いろいろ聞いたところでこの手の話題は琥珀が羞恥を募らせたあげく、ご機嫌斜めになると分かっているので、

「それならいい」

涼聖は笑いながら言って、それ以上問うのはやめた。

その涼聖を、琥珀は神妙な顔で見ると、

「今度の火曜の夜、少し留守にする」

静かだが、なにがしかの決意がこもったような口調で言った。

琥珀の口調と表情から、決して明るい理由ではないことが分かる。

「……理由、聞いていいか？」

琥珀たちの世界のことには、深入りしないと、涼聖は決めている。

専門外の人間が首を突っ込んでひっかきまわしていいことは何もないと思っているし、琥珀は衝動的に何かを決めるタイプではないので、熟考の末だろうと思うからだ。

「秋の波殿を攫い野狐となる術をかけたものどもがいるだろう」

「ああ。ついでになんか、死者の蘇《よみがえ》りみたいなことしでかそうとしてるって連中な」

「そのものたちの本拠地を叩くことになった」

琥珀の言葉に涼聖は眉根を寄せた。

園部が亡くなる時、陽はその最期が一人だと知って、一人にさせたくないと思いながらもギリギリまで悩んでいた。

それは「してはいけないこと」だからだ。

ささやかな願いであっても、あれほど悩んだ姿を見ていると、連中がやろうとしていることがどれほどの禁忌であるかは分かる。

そして、その禁忌に手を出している連中が、どれほど危険であるのかも。

「……危ないいんじゃないのか」

心配しているのが分かる涼聖の声と表情に、

「私は、伽羅とともに後方支援だ。……本宮の複数ある拠点の一部を、結界を展開して守る任務になる。実際に敵の本拠地を叩くのは、別の部隊だ。もちろん、私が守る場所も攻撃されないという保証はないが確率は低い。……それから、この家に関しても、私の祠が庭にあり、伽羅の祠も近いことからまったく危険がないとは言い切れぬが、本拠地を叩かれた連中がわざわざここまで狙ってくるとは考えづらいし、龍神殿に話を通してあるゆえ、私と伽羅が不在の間は龍神殿が周辺を守護してくれるから、心配せずともよい」

香坂家では金魚鉢で寝ているか、酒を飲んでいるか、モンスーンのＤＶＤを見ているかしかない龍神だが、現状でも本気を出せば力は琥珀や伽羅よりも断然上らしい。

あくまでも「本気を出せば」だが。

「おまえらの世界のことはよく分からないが……俺にできることはあるか？」

涼聖は言いながら、布団の外に出ている琥珀の手をそっと摑んだ。

「……心配をかけるが、私の帰りを待っていてほしい」

その言葉に、涼聖はかける言葉を見つけることができなかった。

琥珀が本宮から戻ってきてまだ三ヶ月にもならない。

やっと、元通りになったと思ったのに、また出かけるという。

火曜の夜、と言っているのだから、さほど長い不在にならないだろうし、せいぜい長くなっても木曜の診療に間に合うように戻ることができるものなのだろう。

そうでなければ、琥珀なら診療の手伝いの算段までつけていく。

後方支援。

きっと心配はないはずだ。

涼聖は摑んだ琥珀の手を強く握り、

「……分かった」

そう言うのが精一杯だった。

伽羅も一緒なら、琥珀を危険な目に合わせることもないだろう。

そう思うのに摑んでいるこの手を離したら、琥珀が帰ってこなくなるような気がした。

◆◇◆

陽とシロへの説明は日曜の夕食のあとで琥珀と伽羅二人が行った。

火曜の夜に本宮の用事で琥珀と伽羅が出かけること。

戻るのは遅ければ水曜の夜中になりそうだということ。

「それゆえ、もしかすると二人とは木曜の朝にならねば会えぬかもしれぬが、涼聖殿と龍神殿の言うことを聞き、いつも通り過ごしてほしい」

琥珀の言葉に、陽は頷きながらも、

「じゃあ、こんどのすいようびは、りょうせいさんとふたりで、おかいものにいくの？」

と確認する。

「ああ、そうなるな」

「ごはんはりょうせいさんが、つくるの？」

陽が重ねて聞けば、

「俺が作り置きのおかずを作っていきますよー。陽ちゃんとシロちゃんの好きなもの、準備しておきますから、楽しみにしててくださいね」

伽羅が笑顔で返す。

それに陽とシロは顔を見合わせてから、同時に「うん」と頷いた。

「りょうせいさんと、シロちゃんといっしょに、おるすばんしてるね」

「びりょくなれど、るすいやく、がんばります」

陽とシロがそう言うのに、琥珀は頷き、伽羅は、

「二人ともいい子だから、俺も琥珀殿も安心してお仕事してきますねー」

やはり笑顔で言う。

そのやりとりを聞きながら、予想通り、遅くとも木曜の診療には間に合う算段でいることが分かって安心した涼聖だが、伽羅の笑顔と明るい声が引っ掛かるような気もした。

――いや、伽羅はいつもああだろう。

驚くほどシビアな一面を見せるが、陽とシロに対しては常に「優しいお兄さん」で接する。

その「優しいお兄さん」での返事だと分かっているのに、妙にそれが気になるのは、涼聖が必要以上に琥珀の不在をナーバスに捉えているからなのだろう。

――琥珀が後方支援で心配ないって言ってんなら、本当に心配はないんだろう……。

湧き上がる不安を、涼聖は押し殺した。

何事もなく週が明け、あっという間に火曜になった。

診療を終えて戻ると、いつも通りに伽羅とシロが三人を出迎えた。違っていたのは龍神が居間で伽羅が作ったつまみを食べながら酒を飲んでいたことだろう。

「あ、りゅうじんさまがおきてる」

珍しい光景に陽がはしゃぐ。

「今宵から、我がこの家を守るゆえな。琥珀と伽羅が不在であっても安心してよいぞ」

龍神は言いながら、隣にちょこんと座った陽の頭を撫でる。

それを見ながら、伽羅は琥珀と涼聖に小声で伝えた。

「白狐様から、できれば早めに本宮に来てほしいと伝言が」

「何かあったのか?」

伽羅の言葉に、琥珀より早く涼聖が問う。

夕食を取ってからでいいと聞いていたのだ。

しかし伽羅の様子は、今すぐにでも出かけたいことを思わせた。

「作戦云々に直接関係はないんです。影燈殿が攻撃部隊に入りましたし、玉響殿も前線で指揮をお執りになるので……秋の波殿が不安定で忍びなく、少しでもそばにいる時間を作ってもらえないかと」

伽羅の言葉に涼聖は少し安堵する。

おそらく今回の作戦は、詳しくは聞いていないが奇襲のはずだ。

なんらかの情報漏洩で作戦変更のために早く来いというのなら、涼聖は止めなくてはならなかった。

奇襲作戦では些細な情報漏洩であっても致命的だ。

「奇襲」の意味をなさなくなるからだ。

「陽のことは任せとけ。秋の波ちゃんが落ち着かなきゃ、影燈さんも玉響さんも心配で作戦に身が入らないだろ」

「涼聖殿……」

涼聖の言葉に琥珀は涼聖を見ると、頷いた。

「分かった、荷を置いたらすぐに行こう」

琥珀は言うと、居間にいる陽のもとに行き、少し早く来てほしいと言われたから食事は食べずに行くと伝えた。陽は、

「こはくさま、おなかすかない？　だいじょうぶ？」

そう、陽らしい心配をする。

琥珀たちは食事を必要とはしないし、陽も「気」を与えられていれば空腹を感じないのだが、現在陽は食事で体を保っているので、普通にお腹を空かせる。

陽も琥珀と伽羅が食事を必要としないのは知っているが、自分が普通にお腹が空くし、普段は

一緒に食事を取るので、心配になったらしい。

「大丈夫だ。白狐様が準備をしてくださっているゆえ」

陽を安心させるために言うと、陽は納得した顔を見せた。

琥珀が荷物を置きにいくと、

「陽、シロ、二人を見送りに行こう」

涼聖は声をかけた。

「「はい」」

二人は声を揃えて言い、陽はシロを肩に乗せると立ち上がった。

「我も見送ろう」

龍神も立ち上がり、場のある裏庭へと向かった。

「では、行ってくる」

迎えに出た涼聖たちに琥珀は言った。

ああ、といつものように応じて見送るつもりができなくて、

「琥珀」

涼聖は一歩踏み出し、琥珀を抱きしめた。

「気を付けて…、元気に戻ってこい」

「涼聖殿……」

不安で、抱きしめる腕を放せない。

きっと、陽が自分たちを見て、不思議に思っているだろうということも分かる。

陽はまだ、自分たちがそういう関係だとは気づいていない。

それを伝える日はやがて来るだろうが、今はその時ではないと、涼聖も琥珀も思っていたからだ。

だから、離れなければと思うが、できなかった。

そう思う涼聖の隣で、龍神が一歩進み出て、伽羅を抱きしめた。

「見送りのハグだ、喜べ」

「龍神ど……っ、イっ…痛い、痛い！　絞めすぎです、折れる、折れる！」

横で騒ぎ始めるのに、涼聖は琥珀を放した。

おそらくごまかそうとしてくれたのは分かる。

ついでに、感傷も吹っ飛んだ。

「本宮に行く前にあの世に到達するかと思いました……」

龍神から解放されてやや疲弊した様子を見せた伽羅は膝を折ると、

「口直しに陽ちゃん、シロちゃん、見送りのハグをお願いします」

そう言って陽のほうに向かって腕を広げる。

それに素直に陽とシロは伽羅をハグする。

「これでお仕事頑張れます。次は琥珀殿にハグしてあげてください」

さっきの涼聖のハグの印象を薄めるために伽羅は言う。

琥珀も伽羅と同じように姿勢を低くして腕を広げた。

「こはくさま、いってらっしゃい」

「おかえりを、おまちしております」

「…ああ」

琥珀は短く返してから腕をほどき、ゆっくりと立ち上がった。

「じゃあ、行ってきます」

伽羅が言うと、この前の夜のように光が二人を覆う。

「こはくさま、きゃらさん、いってらっしゃい」

陽が言うのに、二人が微笑むのが見え——やがて光の中に消える。

次の瞬間にはもう、夜の庭で。

「さて、戻って飲み直すとしよう」

さっさと家に向かって歩き始めた龍神を陽は追い、二、三歩行ってから、まだ立ち尽くしている涼聖を振り返った。

「りょうせいさん、おうちにはいろ?」

その声に涼聖ははっとして陽へと顔を向けた。

「ああ、そうだな。……風呂は俺が飯を食い終わるまで待っててくれるか? 三人で一緒に入ろう」
涼聖は言いながら、陽と一緒に家へと戻った。
かすかな不安と、寂しさを押し殺して。

おばあちゃんたちにできること

CROSS NOVELS

「まさか、そんな罠が潜んでたなんて……」

伽羅《きやら》は頽《くずお》れた。

それは、登校日の一コマである。

「登校日」という行事は、徐々に集落に根付き、今やみんなが楽しみにしているイベントの一つである。

まだ集落の住民が多かった頃は、季節ごとになんらかの行事があった。

しかし、人が減るごとに簡略化されたり、消滅したり、氏神様の祭りにしても、昔は夜店が出たりして華やかだったが、今はそれもなく、氏子たちが集まって祝詞をあげてそのあと、直会《なおらい》をするくらいになってしまっていた。

寂れる一方かと思われた集落に変化が起きたのは、診療所に新しい医師が来て、その友人家族も集落に仲間入りして——若者が入ってくるだけでも集落の空気が変わった。

特に今や集落の孫としておなじみの陽《はる》の存在は、集落住民の生活に華やかな彩りを添えた。

それをさらに加速させたのが、宮大工佐々木《ささき》のもとにやってきた弟子の孝太《こうた》である。

フットワークが軽く、なんでも「やってみたいっス」と、楽しそうなことに全力投球な姿勢で、集落で久しく開催されていなかった年末の餅つきが復活し、冬の恒例イベントとして雪合戦が始まった。

そして「登校日」も、孝太の発案である。

「展示用の作品、間に合いそうでよかったわ」

「私も、あともうちょっとじゃから、頑張らんと」

集落の手芸クラブ——といっても、別に特別に教室などを開いているわけではない。ご近所同士が時々集まって編み物だのなんだのを楽しむ女性陣のことである——のメンバーが、楽しみ八割、作品を間に合わせなければという責任感二割くらいの笑顔で話し合う。

「今度のドッジボールは陽ちゃん、勝てるかしらねぇ」

「チーム分け次第だと思うのよ。くじ引きで、メンバーが偏っちゃうこともあるから」

陽は前回の秋の大会で負けているし、冬の雪合戦でも、最後の試合で旗を奪い取る大金星を挙げたものの、トータルでは負けだ。陽は、勝っても負けても楽しそうなのだが、応援するおばあちゃんたちとしては、勝たせてやりたい気持ちでいっぱいである。

「たくさん応援してやらんとねぇ」

にこにこして言うその言葉に、一人が、あ、と小さく声を上げ、携帯電話を取り出すと何やら操作し始めた。そして、

「ねえ、ちょっとこれ見て」

そう言って、一枚の写真を見せた。そこに映し出されていたのは「○○くん　尊《とうと》い」だの「○

○くん　こっち見て」だのといった文字が書かれたうちわだった。
「なに、これ？」

「若い子がコンサートに行く時に、こういうの持ってくらしいのよ。応援うちわ、いうらしいんじゃけどね。これ作って今度のドッジボールの時に陽ちゃんの応援しようと思うとるん」

その言葉に、全員が、

「ええねぇ！　私も作ろう」

「私も、私も！」

となり、結局全員で作ることになった。

フィジカルエリートのおじいちゃんたちが参加するドッジボールにおばあちゃんたちが参加するのは無理だ。となれば、応援くらいしかできない。それなら応援で盛り上げよう、という純粋な気持ちだった。

いや、純粋な気持ちのはずだった。

だが、みんなでのうちわ作製の段階で、まさか、あんな話が持ち上がろうとは、この時は誰も思っていなかった。


そして、登校日当日。つつがなく、午前中の行事が終わり、午後の体育の授業——ドッジボール大会――が始まると、おばあちゃんたちは、作ってきた本職さながらの応援うちわで応援を始めた。

一試合目は陽と琥珀《こはく》、涼聖《りょうせい》のいるチームが勝ち、二試合目は佐々木、孝太、伽羅のいるチームが勝った。

そして始まった三試合目。

なかなか拮抗したゲームが続いていたが、陽チームのメンバーが次々に被弾し、敗戦の色が濃くなり始めた時、おばあちゃんたちは動いた。

「誰にする?」

「孝太くんじゃろか……?」

「いや、孝太くんは意外と勝負のほうを優先させるじゃろから……」

「じゃあ、伽羅ちゃん…」

ぼそぼそと相談し合ってから頷き合い、持ってきたうちわの中からこれまで隠し持っていた一枚を取り出し、他のうちわと合わせて、応援をし始めた。

「伽羅ちゃーん」

「伽羅ちゃーん!」

おばあちゃんたちの突然の声援に伽羅がそっちを向くと、おばあちゃんたちが持つうちわを見て、思わず笑顔になった。

そこには「伽羅ちゃん」「ファンサして♥」と書かれていたのだ。

にこにこしながらそのうちわを振られては、応えずにはいられない。そして伽羅が、投げキッスやらウィンクやらでファンサをしていたその時、突然伽羅の体を側面から衝撃が襲った。

「伽羅さん、アウトー」

ファンサの隙を狙われての被弾だった。

「もー、伽羅さん、何してんスかー」

「色男はつれぇなぁ」

孝太と佐々木が笑いながら被弾した伽羅に声をかける。それに苦笑いをしながら、コートを出て失格者の席に座った伽羅の耳に、

「うまいこといったねぇ」

「伽羅ちゃんじゃったら、応えてくれる思うたけど、思ったとおりじゃったねえ」

と、ファンサを要求したおばあちゃんたちが話しているのが聞こえ、

「え、どういうことなんですか？　何が思ったとおりなんですか？」

伽羅は問いただした。

そんな伽羅におばあちゃんたちは、

「どうしても陽ちゃんを勝たせてあげたかった。伽羅ちゃんならファンサに応えて、隙を見せると思った」

と供述した。

その供述に伽羅は頽れたのだった。

なお、そのうちわ作戦はその後もたびたび使われるようになった。

というか、この日のくじ引きで誰が陽と敵チームになるか分からなかったため、「若先生」「秀《ひで》人《と》くん」「孝太くん」も作製されており、使われなかったメンバーはおばあちゃんと伽羅のやりとりに気づいていなかったため、次回以降使用ということで、この作戦に関してはおばあちゃんたちと伽羅の間で口外無用の約束がなされ、伽羅は自分に続く、おばあちゃんたちの罠に落ちるメンバーを楽しみに、次の登校日のドッジボールも励んだのだった。

なお「琥珀ちゃん」が作製されなかったのは、

「琥珀ちゃんは、わりと早い段階でいつも脱落しちゃうから……」

という、シビアなおばあちゃんたちの見立てがあったかららしい。

おわり

あとがき

こんにちは。前の巻が出てからこの巻が出るまでの間にお正月を挟んだというのに、相変わらずの汚部屋を保っている松幸《まつゆき》です。安定してます（そこで安定するなよ……）。

自分に甘いスタイルは今年も変えずにやっていく所存です！

さて、婿《むこ》取《と》り、十九冊目でございます。ってことはね、次で二十冊目なのね……ちょっと震える巻数です。これもひとえに、私以外の皆様が超がんばってくださっているおかげです。ありがたや、ありがたや……。

そんな十九冊目の今回、各陣営、いろいろ動きがございます。琥珀《こはく》様がやらねばならぬと決意をしたり、秋《あき》の波《は》ちゃんが珍しく大人しかったり、龍神《りゅうじん》様がちょっと格好よかったりする中、集落には、秀人《ひでと》くんのお父さんがやってきて一触即発だったりしてます。

いろいろある中でも、陽《はる》ちゃんは安定の天使なので、ご心配なく、という感じの内容です（説明する気がないんじゃなくて、あとがきから読んでます！　とおっしゃってくださる方が割と多いのでネタバレ回避です、と一応言い訳じみたことを言ってみる）

そんな今回の素敵なイラストも、当然みずかねりょう先生です。可愛いから格好いいまでが自在の神様でございます。今回も本当にありがとうございました。

婿取りは年内に二十冊目が出る予定で、くしくも今年（二〇二三年）は私のデビュー二十周年と重なるため、何かやりたいなーと思ってるのですが思ってるだけで計画倒れになると思うので、一応、なんか重なったおめでたい年だということだけ、お伝えしておきます。

いや、やる気がないんじゃなくて、何をやったらいいか分からないだけなんです……。思いついたら何かやります……という、こんないい加減な私が、こうして書き続けていられるのも、読んでくださる皆様がいてくださってこそです。

そして、担当編集さんをはじめ、出版に関わってくださるすべての方のおかげでもあります。

これからも、皆様の善意に全力で甘えて（身も蓋もない）、頑張っていこうと思いますので、どうぞよろしくお願いします。

二〇二三年　部屋の腐海化が深化している三月上旬　　松幸かほ

お願い、神さま
今度は神様、映画を撮る!?
SIRO監督　最新作
本宮映画祭　最高賞パルム・ルナール受賞
きつねのお参り
原作・脚本・監督：SIRO　おやつデザイン：香坂 陽　作画監督：月草　美術監督：玉響
制作：シューラクフィルムズ　総合プロデューサー：白狐さま　配給：本宮
「きつねのお参り」製作委員会
2023年　狐の婿取り20（仮）　全国ロードショー予定
松幸かほ・著/みずかねりょう・画
※イラストと小説内容は、かなり異なります。

CROSS NOVELSをお買い上げいただき
ありがとうございます。
この本を読んだご意見・ご感想をお寄せください。
〒110-8625
東京都台東区東上野2-8-7　笠倉出版社
CROSS NOVELS 編集部
「松幸かほ先生」係／「みずかねりょう先生」係

CROSS NOVELS

狐の婿取り—神様、取り持つの巻—

著者
松幸かほ

2023年4月23日　初版発行　検印廃止

発行者　笠倉伸夫
発行所　株式会社　笠倉出版社
〒110-8625　東京都台東区東上野2-8-7　笠倉ビル
[営業]TEL　0120-984-164
FAX　03-4355-1109
[編集]TEL　03-4355-1103
FAX　03-5846-3493
https://www.kasakura.co.jp/
振替口座　00130-9-75686
印刷　株式会社　光邦
装丁　磯部亜希
ISBN　978-4-7730-6370-7
Printed in Japan